唐诗的故事

马宁川　新宇——著

长江出版传媒｜长江文艺出版社

图书在版编目（CIP）数据

唐诗的故事 / 马宁川，新宇著. -- 武汉：长江文
艺出版社，2023.10
（百读不厌的经典故事）
ISBN 978-7-5702-3182-9

Ⅰ.①唐… Ⅱ.①马… ②新… Ⅲ.①唐诗－青少年
读物 Ⅳ.①I222.742

中国国家版本馆 CIP 数据核字(2023)第 115413 号

唐诗的故事
TANGSHI DE GUSHI

责任编辑：张远林	责任校对：毛季慧
装帧设计：周 佳	责任印制：邱 莉 杨 帆

出版：长江出版传媒 ｜ 长江文艺出版社
地址：武汉市雄楚大街 268 号　　邮编：430070
发行：长江文艺出版社
http://www.cjlap.com
印刷：湖北画中画印刷有限公司

开本：720 毫米×1010 毫米　　1/16　　印张：13　　插页：4 页
版次：2023 年 10 月第 1 版　　2023 年 10 月第 1 次印刷
字数：163 千字

定价：39.80 元

回乡偶书

[唐] 贺知章

少小离家老大回，乡音无改鬓毛衰。
儿童相见不相识，笑问客从何处来。

九月九日忆山东兄弟

〔唐〕 王 维

独在异乡为异客，每逢佳节倍思亲。
遥知兄弟登高处，遍插茱萸少一人。

别董大

[唐] 高适

千里黄云白日曛，北风吹雁雪纷纷。
莫愁前路无知己，天下谁人不识君？

塞下曲

〔唐〕卢纶

月黑雁飞高，单于夜遁逃。
欲将轻骑逐，大雪满弓刀。

江　雪

〔唐〕柳宗元

千山鸟飞绝，万径人踪灭。
孤舟蓑笠翁，独钓寒江雪。

悯 农

[唐] 李绅

锄禾日当午，汗滴禾下土。
谁知盘中餐，粒粒皆辛苦。

目录 | contents

骆宾王：快意恩仇·1

贺知章：这个老顽童·11

王之涣：春风不度玉门关·19

孟浩然：一生没当过官的田园诗人·29

王翰：狂放的"富二代"诗人·39

王昌龄：朋友满天下，皆是沦落人·45

李白：君为谪仙·55

王维：诗书画乐，样样精通·65

高适：会写诗也会做官·77

杜甫：苦难中的仁者·87

张继：到底是谁成就了谁·99

韦应物：从浪荡贵公子到简淡寻常人·105

韩愈：唐代散文大家 · 111

孟郊：一首《游子吟》打动了天下父母心 · 119

贾岛：苦吟诗人 · 125

张志和：我真的只想做个渔父 · 131

卢纶：大历十才子中的翘楚 · 137

刘禹锡：绝不轻言放弃 · 143

白居易：这个诗人不简单 · 155

柳宗元：一个孤独的钓雪者 · 165

李绅：备受争议的"悯农"诗人 · 175

杜牧：放浪形骸的背后 · 181

李商隐：一生襟抱未曾开 · 191

李贺：人间无处可招魂的"鬼才" · 199

骆宾王：

快意恩仇

骆宾王（ 626？ —687？ ）

姓　名： 骆宾王

字　号： 字观光（来源于《易经》）

别　称： 骆临海（以官职名）

代表作：《咏鹅》《于易水送人》《在狱咏蝉》《为徐
敬业讨武曌檄》

荣　誉： 与杨炯、王勃、卢照邻并称为"初唐四杰"

画　像： 神童、快意恩仇、生死皆是谜

让人无语的自荐信

骆宾王的性格，在四杰中是最为特别的。他天生侠义果敢，有一点像武侠小说里的人物。闻一多形容他："天生一副侠骨，爱帮痴心女子打负心汉。"

和四杰中的其他三人一样，骆宾王也是少年成名。出身书香门第，从小博览群书。（四杰在孩童时期的成长轨迹出奇地相似。）即使你并不知道他的其他作品，令他七岁成名的那首《咏鹅》，作为中国儿童必背的启蒙唐诗，却是无人不知的。

鹅，鹅，鹅，曲项向天歌。

白毛浮绿水，红掌拨清波。

这四句，有声音，有动作，有色彩对比，将鹅写得活灵活现，确实很好读。

虽然他幼年成名，甚至名震乡里，但之后的日子就没让人省心过。骆宾王的祖父在南北朝时期是位文武双全的名士，曾入行伍，征战沙场，建有军功。后来，为保全妻子儿女，解甲归田隐居。而骆宾王的父亲在当地也是颇有声望的才士，后来还谋了一个小官职。但在骆宾王十八岁左右，父亲因病去世，他的人生也从顺意跌入了低谷。

为了寻找出路，他和当时绝大多数人一样，来到京城考取功名。在考试前，骆宾王对自己信心满满。谁知道，榜单一出，居然名落孙山。那时的科考，只有极少数的幸运儿能一举高中；有些人考一辈子，也无缘得中，因为决定科考结果的变数太多，有些根本不是自己的原因。

《咏鹅》诗意图

这次考场失利让一向自负的骆宾王很受打击，他不愿再当一名好学生，干脆挤入社会这个大学堂，学一学四书五经之外的生活常识，吃吃喝喝，"与博徒游"。因有才华，后经人介绍，他在河南豫州做了道王李元庆的幕僚。李元庆是唐太宗的弟弟。三年下来，骆宾王果然获得了道王的赏识。有一天，他要骆宾王先写一篇自荐书，给他一个升迁的机会。

一般人获得这样的机会，会无比珍惜，骆宾王却认为道王像这样让他走捷径，有损他的尊严和高节，他偏要正道直行。这无异是将道王的好意当成驴肝肺了。道王一时语塞。好在他知道骆宾王个性耿直，没有予以追究，但骆宾王的升迁自然是无望了。

七年后，道王薨，骆宾王作为一个最默默无闻的小幕僚不得不离府自寻出路。彼时的骆宾王还不太为经济发愁，干脆携全家回乡，计划以种田为生。但很遗憾，十几年下来，地越种越穷，生活捉襟见肘，到了

4

无法奉养老母亲的地步。无奈，骆宾王放下隐士生活，到处投简历，重回官场为生活奔波。此时的他，已年近五十了。

⌓ 投笔从戎，因直获罪

公元 670 年四月，吐蕃大举进犯，侵吞了大唐边境的许多土地。52 岁的骆宾王被激发起强烈的爱国热情。他写了一首诗给掌管用人大权的吏部侍郎裴行俭，要求从军自效。因裴行俭非常器重他，骆宾王得以成功从军入伍，于七月初离开长安，开始了他的军旅生涯。

唐代很多人都在走从军之路，比如晚于他的高适，就把这条路走通了。四杰中的杨炯一直想从军，却一生没有如愿，反倒是这个年过五十的骆宾王，说从军就从了军。单是这份孤勇，也让人佩服。

临行之时在寄给有知遇之恩的裴行俭、名为《咏怀古意上裴侍郎》的诗中，他就表达了这份慨然。

　　一得视边塞，万里何苦辛。剑匣胡霜影，弓开汉月轮。
　　金刀动秋色，铁骑想风尘。为国坚诚款，捐躯忘贱贫。

诗中说，他也知道边塞的苦辛，但他抱着为国尽忠、为国捐躯的高昂热情，丝毫不在乎自己的身份卑微，一心想报效国家、效力疆场。自此后，他的诗中多了边塞的风光，多了凛冽的刀光和森然寒气。他将唐诗表现的范围大大扩大了，用闻一多先生的话说，他将唐诗从宫廷、台阁引向了江山和塞漠。戍楼烽火、边庭落日都在骆宾王的笔下留下了踪迹。

从他的边塞诗中，我们依然看见了那个不平则鸣的少年。

军旅生涯持续了近三年，他又重新进入官场。在 61 岁那年，他被朝廷拜为侍御史。这个官职虽然不大，却是骆宾王仕途生涯中最辉煌的一阶。但他个性难改，一年之后，因屡次上书讽谏，得罪武后，获罪撤职，并以贪赃罪入狱。

在狱中，他写了生平最出色的五言律诗《在狱咏蝉》：

> 西陆蝉声唱，南冠客思侵。那堪玄鬓影，来对白头吟？
> 露重飞难进，风多响易沉。无人信高洁，谁为表予心。

诗的意思是，秋天的蝉声响起来，让我这个阶下囚更加思念远在南方的家乡。从蝉声中，我想到了美人的发鬓，又想起了卓文君自表忠贞的《白头吟》。露水太多，你飞行时肯定会觉得困难；风太大，会掩盖你鸣叫的声音。没有人相信你的高洁，谁来替你表达心声？

蝉，自古以来就被文人们视为品性高洁的生物。因为蝉对于他们来说，是一种特别神秘的生物，据说它餐风饮露，有点像"不食人间烟火"的神仙，正因此蝉被赋予了高尚、纯洁的品质。

西陆，指秋天。太阳循着黄道运行，"行东陆谓之春，行南陆谓之夏，行西陆谓之秋，行北陆谓之冬"。

南冠，代表囚徒，故事的主角是春秋时楚国的一位叫钟仪的音乐家。南方的楚国和北方的郑国打了一仗，楚国的钟仪被俘虏，关押在晋国。在被关押期间，他一直戴着自己原来的"冠"，这引起了晋侯的注意。晋侯得知他是乐师，就让他演奏一曲，钟仪演奏了一曲南方的乐曲。然后晋侯又问他们的君王是个什么样的人，钟仪回答得很得体。晋侯认为钟仪这人是君子，因为"他说话时先说先人，这是不忘本；演奏家乡的乐曲，这是不忘故土；只说楚王当太子的时候，这是没有私心；提到楚王当太子时的两位老师，这是尊重君王"。后来，晋侯把他放回了楚国。南冠，后来就指道德高尚的囚犯。

《白头吟》，是乐府曲名。相传西汉时司马相如对卓文君爱情不专，卓文君作《白头吟》以自伤。其诗云："愿得一心人，白头不相离。"

而骆宾王的这首诗，或许既以蝉自喻他的品质高洁，也有对自己含冤莫白的无声控诉。

一场如闹剧般的兵变

一年多以后，唐高宗改年号为调露，并大赦天下。骆宾王因此得以赦免，并被迁为临海丞。在一般人看来，有过这样一次惊弓之鸟的遭遇，骆宾王应该从此消停了，已过花甲之年的他，还能折腾多久呢？

但骆宾王偏偏不这样想，他要趁着还能折腾，赶紧再折腾几年！

据史料记载，骆宾王并没有接受朝廷分配的这个工作，而是辞职不干，云游四海，走人了！他拜访了在扬州举起勤王救国反旗的徐敬业。

徐敬业原名是李敬业。这个李姓，是因为家族屡建战功，而被皇帝赐姓。只是当他举起反旗的时候，这个姓也被朝廷褫夺了。

当时的唐朝局势是，武则天的第三子李显被母亲废黜流放；第四子李旦看形势不对，自动让出王位，请母亲登基。李姓天下就此改朝换代，这自然让许多皇亲旧臣不能接受。

本来，徐敬业远在江浙，京城闹翻了天，也不影响发他的薪水。只是不久前，他正好因事获罪，被贬为眉州刺史。这样一来，不知是为李姓朝廷伸张正义的拳拳臣子心，还是为说不出的个人恩怨，总之，徐敬业决定讨伐武则天。

不过，让人遗憾的是，那么多人搭上了被诛灭九族的代价而发动的叛乱，仅仅三个月就被朝廷军队一举歼灭。狼烟过后，多少兵士血流成河自不必说，而最让人失望的是，这在大唐历史中，是一场连水花都没激起来的闹剧。

如果没有骆宾王的那篇《为徐敬业讨武曌檄》，千百年后，在历史的长河中，人们甚至不会对这场战争有一点点印象。正因为有了这篇脍炙人口的檄文，相关的三位主角，至今仍被后世深深记得。

骆宾王不怕。他在檄文中，第一段就毫不留情地把武曌的老底儿扒了个底朝天，什么深宫密帷，什么皇家颜面，从此成为天下人茶余饭后的谈资。

在天下人的面前，自己的老底儿被全部揭开，武则天的愤怒可想而知。但女皇不同于常人，《新唐书》记载，听到此处的武则天不过是"但嬉笑"。这种赤裸裸的人身攻击，在她看来，杀伤力还差几个等级。后来读着读着她遽然变色。她惊惧地问这文章是谁写的，当有人说是骆宾王时，她说："宰相安得失此人！"

其实，武则天的那句"宰相安得失此人"，不过是一句转移尴尬并表现自己大度的帝王之术罢了。

几个月后，徐敬业兵败如山倒，骆宾王也从此下落不明。有的史书称他兵败时就已"伏诛"，还有的称他"不知所踪"。相比之下，更多人喜欢后面这个说法。死何所惧？从心而已。就如他的那首诗：

　　此地别燕丹，壮士发冲冠。
　　昔时人已没，今日水犹寒。

史载，公元前227年，燕太子丹遣荆轲刺杀秦王。临行时，燕太子丹及宾客曾在易水岸边为之饯行。易水，源出河北易县，战国时为燕国南界。

这真是旷古未有的一场悲壮的送别。

秋风萧瑟，易水深寒。浩荡的送行队伍皆身穿素服，在天地之间织出了一幅巨大而不祥的惨白图案。远处偶尔传来一声马的嘶叫，浑似一串悲壮的音符，以颤音的形式将这送别的场面渲染得更加寒气森森。

荆轲知道，此去必死。太子及宾客也知道，荆轲几乎没有生还的希望。

但是，为了这个伟大的使命，为了全天下侠士的光荣，荆轲此去又何必生还？

此时，筑声破空而来，声如裂帛，哀动九霄。听到燕国击筑第一高手高渐离的筑声，荆轲泪下数行，应声而歌："风萧萧兮易水寒，壮士一去兮不复还！"歌声短促、悲凉，易水为之呜咽。

大约九百年以后，才有骆宾王站在易水边，再次感受荆轲心灵的温度。

也许他在想：荆轲啊荆轲，你太孤独了，人们都快把你忘记了。只有易水还在呜咽，犹且记得你的壮烈啊！

也许他还这样想：荆轲啊荆轲，其实你并不寂寞，我就是你的同调。荆轲啊荆轲，你虽死犹生，你的侠义精神必将千秋万代流淌在华夏儿女的血脉中。

烈士暮年，壮心不已。骆宾王这一生，把自己活成了一位侠客，一个传奇。

此地别燕丹　壮士发冲冠

昔时人已没　今日水犹寒

邻水强父

《于易水送人》诗意图

贺知章：

这个老顽童

贺知章（659？—744？）

姓　名： 贺知章

字　号： 字季真，晚年号"四明狂客"（四明是地名）

别　称： 贺秘监（以官职名）、"诗狂"

荣　誉： 与李白、李适之等称"饮中八仙"，与张若虚、张旭、包融等称"吴中四士"

代表作： 《回乡偶书》《咏柳》

职　业： 诗人、书法家

画　像： 嗜酒如命、爽朗狂放、老顽童

爱喝酒的大书法家

贺知章，字季真，盛唐时的越州永兴（今浙江萧山）人，官至秘书监，故人称"贺秘监"。

他是著名的"饮中八仙"的第一位，杜甫《饮中八仙歌》的第一句"知章骑马似乘船，眼花落井水底眠"写的就是贺知章。诗中说他醉酒后骑马摇摇晃晃，好像在乘船，眼睛昏花坠入井中，竟在井中睡着了。真是个可爱的老顽童。

贺知章还因酒与李白结缘。据说，当年在长安时，贺知章一见到李白就非常喜欢，惊呼他为"谪仙人"，并热情地邀请他到酒肆饮酒，结账时才发现忘带银两。这个贺知章立马取下了皇帝赐给他的金饰龟袋充当酒资，后来两人还成为忘年交。这就是有名的"金龟换酒"的故事。

贺知章八十多岁时生了一场大病，便乞求告老还乡，当时皇帝、太子、大臣很多人为他饯行。古人设宴饯行，自然少不了写诗。皇帝带头写了两首，一帮文武大臣也纷纷开始写起来。其中，李白的这首送行诗水平最高，诗文如下：

镜湖流水漾清波，狂客归舟逸兴多。

山阴道士如相见，应写黄庭换白鹅。

诗中说，镜湖的流水清波荡漾，四明狂客（贺知章晚年自号四明狂客）在回乡的船上，闲情逸致很高。故乡山阴的道士若见到你回来，一定会用白鹅换取你写的道经。

在这首诗中，李白夸赞了贺知章的书法可以和书圣王羲之相比。王羲之生性喜欢鹅，山阴道士养了一群鹅，王羲之前去观看后，十分喜欢，想找道士要。道士说如果他能写两章《道德经》，就将整群鹅送给王羲之。王羲之停留了半天，为道士写完经，高高兴兴地将鹅带回家了。

贺知章擅长草书和隶书，据说有人为了得到他的书法，特意在他常去喝酒和游玩的地方准备好笔墨。他酒喝得差不多了，兴致来了，便会随意挥洒，他写下的书法就这样被人拿去了。一般书法家都喜欢酒后写字，贺知章也是如此。他常常乘着酒兴，写诗作文，字迹狂怪而洒脱，酒醒后，却再也写不出来了。而且，他每次借着酒兴写的诗文恰好随纸而尽，不多不少，令人称奇。

唐代的秘书省内有四绝，贺知章的草书便是其中之一。唐宪宗元和年间，秘书郎韩公武打弹弓极准，曾一弹射中薛稷所画鹤的一只眼睛，于是秘书省又加了这一绝，并称五绝。贺知章生性豪纵，书法大多随兴而写，很多写在墙上，因而流传下来的真迹也不多。据说在绍兴宛委山南的飞来石上，曾有贺知章所书的石刻十二行，后来在南宋漫灭。

少小离家老大回

贺知章还是唐代著名诗人之一。他留传至今的诗虽不多，可《回乡偶书》二首及《咏柳》却是人们广为传唱的杰作，现已被选入小学课本。

贺知章年轻时离开家乡，到长安考进士，于武则天证圣元年（公元695 年）考中后，一直在朝廷做官。他 36 岁中进士，和李白、杜甫及很多唐代诗人比起来，已经是很幸运的了。入朝为官后，他和宰相张说私交甚好，仕途说起来也是一帆风顺，没有太大波折。他天性豪爽，喜欢交友，上至达官贵人，下至平民百姓，都可以成为他的朋友。到天宝三年（公元 744 年）八十多岁时他决定返回故乡。他回乡那天，皇帝亲率太子及大臣在郊外设宴饯行，这场送别规格之高、场面之大，唐代诗人鲜有人能及。单从这一点来看，他这一生也算功德圆满了。

回到家乡后，却遇到了一个小小的插曲。他离家五六十年，家乡的亲朋好友多已亡故，而一些孩子不认识他，把他当作外来的客人。对此，诗人感慨系之，遂写出了名作《回乡偶书》两首，其中一首如下：

少小离家老大回，乡音无改鬓毛衰。
儿童相见不相识，笑问客从何处来。

这首诗概括了"少小离家老大回"的游子的共同感受。乡音不改，鬓发已衰，风景依旧，人事消磨，这些固然都使人感到亲切、体贴，但还不是这首诗最了不起的地方。这首诗最了不起的地方是作者敢于直面人生的尴尬与无奈，从容地写出了那个富有戏剧性的场面：儿童相见不相识，笑问客从何处来。在这里，贺知章以一种自嘲的方式，达到了幽默的最高境界。自嘲，不仅仅是幽默，更需要勇气。

"儿童相见不相识"，这里的"儿童"一说是指贺知章儿时的伙伴。贺知章少小离家，老大归来，乡音犹在，容颜已改，就连儿时的伙伴也已认不出他来了，竟把他当成了异乡之客。一说是指他的孙儿女或曾孙儿女，或别人家的小孩子。贺知章长期宦游长安，于八十多岁高龄孑然一身还乡，自己的孙儿女或别人家的小孩子不认识他是很自然的，童言无忌地问一声"客从何处来"，更显辛酸。对于这样一个小小的波澜，贺知章笑了，以一种豁达和幽默的方式。

《回乡偶书》诗意图

再看看他另一首著名的诗《咏柳》：

碧玉妆成一树高，万条垂下绿丝绦。

不知细叶谁裁出，二月春风似剪刀。

诗的意思是：高高的柳树上长满了碧绿的新叶，轻柔的柳枝垂下来，就像千万条随风飘动的绿色丝带。这细细的叶儿是谁的巧手裁剪出来的呢？原来是那二月的春风，它就像一把灵巧的剪刀。

这首诗字面意思很好懂，晓畅浅近，自然妥帖。它妙就妙在，人们常常将女子的婀娜纤细比为杨柳枝，它却反其意而为之，将杨柳比作美女，而杨柳垂下的枝条，就像美女的裙带。诗中还将春风比作剪刀，说那一片片杨柳的细叶，就是春风这把剪刀裁剪出来的。这比喻贴切又新颖，道常人所未道。

贺知章回归故乡不到一年，便因病去世了。在他去世后十五年，诗人杜甫回忆起长安的往事，写诗悼念他。诗中说他"爽气不可致，斯人今则亡"，意思是现在再想见到他那种豪爽之气，已是不可能了。他一故去，四海之内也是越来越凄凉了。杜甫很能概括贺知章的个性特点，一个"爽"字，送给贺知章很合适。

李白得知他去世的消息后，怅然有怀，写下了《对酒忆贺监二首》。其中的第一首为：

四明有狂客，风流贺季真。长安一相见，呼我谪仙人。

昔好杯中物，翻为松下尘。金龟换酒处，却忆泪沾巾。

"四明"是浙江旧宁波府的别称，以境内有四明山得名，也是贺知章的家乡，贺知章晚年自号"四明狂客"。诗中回忆了他们一见如故的旧事，回忆起金龟换酒的场景，不知不觉流下了眼泪。李白天性狂放，能让他写诗一忆再忆的人，也的确不简单。

王之涣：

春风不度玉门关

王之涣（688—742）

姓　名： 王之涣

字　号： 字季凌

荣　誉： 与岑参、高适、王昌龄并称唐代"四大边塞诗人"

代表作： 《登鹳雀楼》《凉州词》

画　像： 性格豪放不羁，以善于描写边塞风光著称

倜傥有异才的大叔诗人

盛唐时期著名的边塞诗人王之涣，他的那首《凉州词》几乎唱绝古今。国学大师章太炎非常肯定地认为，这首"黄河远上白云间，一片孤城万仞山。羌笛何须怨杨柳，春风不度玉门关"，应是七绝中的扛鼎之作。

关于王之涣，新旧《唐书》中都没有留下只言片语，只有《唐才子传》留下寥寥文字。一直熟读"欲穷千里目，更上一层楼"的读者们，只能从一些野史逸闻中了解这位被史书湮没的著名诗人。

王之涣，字季凌，有侠士之风，喜好壮游、结交名士，常击剑悲歌。也许，王之涣的家世不错，和年轻的李白一样从不为生计而发愁。这样游游荡荡的日子一直过到了中年。某一天早晨起来后，已经快变成老王的王之涣忽然开始刻苦钻研诗书。这个转变之巨大，让他的两位兄长都面面相觑。而且，他进步也快，文章和诗歌都写得不错，还混进了当时的文学圈。

打进了文学圈子后，王之涣也开始小有名气。但耐人寻味的是，王之涣从没参加过科举考试。直到38岁，他居然经人推荐，当上了衡水县主簿。衡水县令很赏识他，还将自己的女儿许配给他。

婚后不久，王之涣在任职中遭人诬陷。他没有选择妥协，而是毅然决然地辞了职，回家赋闲去了。而且，这一待就是15年。这样慨然豪拓的性格，真非一般人所具备的。

在他的墓志铭中，他的好友靳能是这样描述的：王先生在家十五年，靠着祖宗旧业，安贫乐道。对于官场事务非常淡漠，最喜欢的就是放飞自我。

那一年，他来到了山西蒲州，这里有著名的鹳雀楼。据宋代沈括在他的《梦溪笔谈》里说："河中府鹳雀楼三层，前瞻中条，下瞰大河。"因常有鹳雀栖息在上故而得名。

如同因王勃而成名的滕王阁，因崔颢而被人熟知的黄鹤楼，以及因范仲淹而知名的岳阳楼，等等，鹳雀楼的成名，也是因为有了名人的不断光顾。

在王之涣来之前，已有数位诗人的大作成为江湖传说。著名的比如李益和畅当。先看看李益的《同崔邠登鹳雀楼》。

> 鹳雀楼西百尺樯，汀洲云树共茫茫。
> 汉家箫鼓空流水，魏国山河半夕阳。
> 事去千年犹恨速，愁来一日即为长。
> 风烟并是思归望，远目非春亦自伤。

由楼述景，由景感怀。如果没有此后接二连三的高手上场，这首诗的江湖地位也是不可小觑的。但很快，它的光彩被另外一首来自诗人畅当的《登鹳雀楼》抢走了。这首《登鹳雀楼》字数不多，却被公认高远辽阔、志气凌云。

> 迥临飞鸟上，高出世尘间。
> 天势围平野，河流入断山。

唐代是一个人才辈出，诗人如繁星般璀璨绚烂的年代。事实上，对于鹳雀楼的赞美，到了"迥临飞鸟上，高出世尘间"时，已经让人惊叹了。但王之涣的出现，却真正地让鹳雀楼从此名扬千古。

白日依山尽，黄河入海流。

欲穷千里目，更上一层楼。

多少年来，当一个小孩子开始牙牙学语的时候，《登鹳雀楼》就成了他们的必读诗。这首文字浅直却大气磅礴的诗，使得王之涣即使只留下6首诗，却也能在如星河般耀眼的唐代诗人队伍中成为最独特的一位。

这首诗前两句写景，有咫尺千里之势；后两句写意，包含着深刻的哲理。从这首诗中也可以看出王之涣不凡的胸襟抱负。

旗亭画壁的传奇故事

赋闲在家，少了宦场里的沉浮，也不必探究人心的深远，王之涣的生活过得有滋有味。同为文学中年，他还结交了不少好友，比如高适、王昌龄等等。有一个关于三人交往很有意思的段子，记载于唐代文人薛用弱的《集异记》中。也不知是否真有其事，还是写书人的编撰，被后人誉为"旗亭画壁"。

话说在开元年间的某个冬天，天还下着微雪。王之涣、王昌龄、高适三人共诣旗亭，酌酒小饮。

忽有梨园伶官十数人，登楼会宴。三位诗人离席坐在一块，围着炉火看她们。

一会儿就有装扮华丽的四位歌妓前来奏乐吟曲，唱的都是当时最流行的词曲，即当时网红诗人的诗歌。

于是三个人就忍不住窃窃私语。王昌龄说，我们几个人都自诩诗歌名家，但排名难定先后，不如趁着这个机会比试一把？

王之涣和高适两人忙问如何比试。王昌龄说，很简单，就是看几位美女唱我们的曲子，谁的曲子被唱得多，谁就是老大。

一听到这个说法，两人都觉得甚为风雅，纷纷点头附和。一会，就听到一女伶唱起了王昌龄的"洛阳亲友如相问，一片冰心在玉壶"。王昌龄忙在墙壁上写了"正"字的第一笔：我的哦！

很快，又有伶人唱起了"夜台何寂寞，犹是子云居"。高适在心里暗喊了一个"yes"，我的！

紧接着，又一首"奉帚平明金殿开，且将团扇共徘徊。玉颜不及寒鸦色，犹带昭阳日影来"被伶人唱诵，王昌龄含笑致意，在墙壁上写下了"正"字第二笔。

到这时，没听到一首自己诗歌的王之涣已经有点慌了：不应该啊！于是他灵机一动，对两人说："你们看刚才唱曲的，一看就是不入流的小歌手，所以，她们的品位也好不到哪里去！看看这位！"他指着众歌妓中最漂亮的一位说，"等一会听她唱，如果不是我的曲子，我以后再也不和你们争高下了。如果是我的，你们必须拜我为师！"

过一会，这位漂亮的小美眉整装上台，轻启樱唇，唱出的曲子，果然就是王之涣的"黄河远上白云间，一片孤城万仞山。羌笛何须怨杨柳，春风不度玉门关"。

王之涣不禁大笑，志得意满地看着他们俩：怎么样？怎么样？什么时候拜师啊？

两人也跟着哈哈大笑。拜师之说当然是戏说，但王之涣心里一定会暗暗说好险。不是自己实力不行，是对手很强大啊。

由此，旗亭画壁的故事也流传下来。旗亭就是酒家，画壁指的就是

王之涣画像　　　　　　　旗亭赌唱图

三人在墙壁上画写记号。

此情此景，如果发生在千年之后，在场观众也有章太炎的话，他一定也会引那位歌女为知己。在这位近代著名学者的心目中，王之涣的这首《凉州词》是七绝之冠。

事实上，如果旗亭画壁的故事真的存在，那么，王之涣的"小胜"也真的是险胜。毕竟，和他同行的王昌龄被誉为"七绝圣手"，那首《出塞》中的"秦时明月汉时关，万里长征人未还"更是被后人推崇为唐诗七绝的压轴之作。

春风也度玉门关

上面那个故事中，提到的压轴之作是王之涣的《凉州词》，全诗如下：

黄河远上白云间，一片孤城万仞山。
羌笛何须怨杨柳，春风不度玉门关。

这首诗还有一个诗题叫《玉门关听吹笛》。诗的意思是：黄河远远奔流而去仿佛延伸到白云之间，玉门关孤独地耸立在崇山峻岭之中。何必用羌笛吹起那悲凉的《折杨柳曲》去埋怨春光迟迟不来呢？春风根本吹不到玉门关啊。

《凉州词》，是盛唐时流行的一种曲调名，属于大曲。风格悲凉雄放，演奏乐器有胡笳、琵琶、羌笛等。据说是有人从西域搜集而来进献给唐玄宗的，玄宗让教坊谱成中国曲谱，很多达官显贵、宗室名流、文人墨客都为它写歌词。所以，在唐诗中我们会看到许多以《凉州词》命名的诗，比如王昌龄、岑参等人都写过。

凉州"地处西北，常寒凉也"，唐代时是我国的边防重地，也是丝绸之路上的要塞。岑参是真正到过凉州的，但王之涣是否到过此地还真不好说，很可能他只是发挥了诗人的想象，将这首诗写成了无可匹敌的佳作。

"杨柳"，即《折杨柳曲》，古诗中常以杨柳代指送别。因为"柳"与"留"谐音，一般我们在古诗中看到"杨柳曲""杨柳枝"之类的字眼，首先就要想到这是不是和送别的主题相关了。

玉门关，早在西汉时，为了保卫河西走廊这一交通要道，维护丝绸之路的通畅，汉政府在敦煌之西，设置了玉门关和阳关。它们都是丝绸之路上的重要关塞，是古代中西交通的必经之地，也是唐朝边塞诗中经常出现的两个地名。

王之涣的这首《凉州词》当时就很流行，据说他的好朋友高适看到这首诗后，专门写了和作《和王七玉门关听吹笛》：

> 胡人吹笛戍楼间，楼上萧条海月闲。
> 借问落梅凡几曲，从风一夜满关山。

诗题中的王七即王之涣，因他排行第七，故称王七。此诗的意思是：晚上有胡人在边防的碉楼里吹笛，凄冷的月光照在萧条的城楼上。请问《梅花落》这曲子共有几叠呀，幽怨的笛声仿佛一夜之间随风洒满了关山。

这首诗与王之涣的那首比起来，气势没那么雄浑。而且诗中所写是胡人吹笛思乡，与一般人写汉人的角度也不同。诗中也含有《梅花落》这首有名的笛曲，和《折杨柳曲》对得很好。但王之涣的诗新奇之处在后面的转折，而高适的诗是顺着思乡的意思写下来的，所以显得平淡了一些，略逊一筹。

玉门关由于气候干燥、水源缺乏，树木非常稀少，因此才有王之涣诗中感叹的"春风不度玉门关"。清朝末年，左宗棠进兵新疆，平定叛乱。在进军途中，左宗棠命令各军沿途广植树木，使得玉门关外也能感受到春天的气息。左宗棠的好友杨昌浚，写了《恭颂左公西行甘棠》来歌颂左氏的功绩。

上相筹边未肯还，湖湘子弟遍天山。

新栽杨柳三千里，引得春风度玉关。

甘棠是杜梨树，《诗经》中有《甘棠》，内容是歌颂周朝的召公在甘棠树下听人民诉说冤屈的事，为人民做好事，故有"甘棠遗爱"的说法。此诗中的甘棠表示左宗棠在新疆平定叛乱、植树造林的德政；"棠"又兼指左氏之名，语意双关。这首诗的意思是：上相您为筹划边境上的事务不肯回来，三湘的子弟由此布满了天山南北。在您的主持下新栽了绵延三千里的杨柳，引得春风居然度过了玉门关。

看来，王之涣所说的"春风不度玉门关"，在左宗棠的努力下变成了"春风也度玉门关"呀！

接着再看王之涣。他游荡了十五年进入五十知天命的年纪后，便在亲友的力劝下，重新入仕，做了一名县尉。但很不幸，就在上任后的这一年里，他因染病不幸去世。55岁壮年，卒于官舍，葬于洛阳。

就如他的好友靳能在墓志铭中所说的，命与时，才与达，不可能同时兼得，这确实就是王之涣一生的写照。在所有人眼中，他"慷慨有大略，倜傥有异才"，而在官场上却始终沉沦下僚。不过，古往今来，为官者浩如烟海，但留其名者，谁人如他呢！

孟浩然：

一生没当过官的田园诗人

孟浩然（689—740）

姓　名： 孟浩然

字　号： 字浩然，号孟山人（因未曾出仕）

别　称： 孟襄阳（以籍贯称）

荣　誉： 与王维并称为"王孟"，唐代山水田园诗派
代表人物

代表作： 《春晓》《过故人庄》《宿建德江》等

画　像： 隐士、田园诗人、朋友遍天下

"不学无术" 的日子

一提起孟浩然，就会不由自主地想起他那首《春晓》，全诗虽然仅二十个字，却描绘了"春困""春鸟""春风""春雨"和"春花"这样众多的事物，而且形象生动、语言流畅清新，也是小学生必背的古诗之一。

春眠不觉晓，处处闻啼鸟。
夜来风雨声，花落知多少。

这首诗一看就是年轻时所写。老年人早晨能有那么多觉吗？最重要的是，因为年轻，所以还有心情感怀花花草草："夜来风雨声，花落知多少。"

年轻时的孟浩然，过着不学无术、无忧无虑的日子，简直是一个不走寻常路、让父亲头疼的问题少年。

孟浩然出身书香世家，排行老六，所以世人也称他为孟六。他天资聪颖，小时便文采过人，十八岁在老家襄阳参加县试，还一举夺魁。这让孟父十分欣慰，心中对孟浩然也充满了期望。正当孟父期望儿子按预定好的道路继续将科考之路顺利走下去的时候，小孟同学却忽然宣称，他不想参加科考了。据说，他做出这个叛逆的决定，也不是没有原因的。

孟浩然考了县试状元那一年，得到了当时的宰相张柬之的赏识，并设宴邀请他。张柬之也是湖北襄阳人，孟浩然与他既是老乡，还得到他的青眼，青云之路指日可待。谁想到命运在一夜之间发生突变，宴会之后，张柬之就因为遭到韦皇后和武三思的排挤，被流放到了岭南。

张柬之的流放对孟浩然的内心造成了极大的冲击，他开始重新审视自己所处的时代。当时，武则天去世，大周朝重新还政李氏王朝。但李显生性懦弱，在他当政时，朝政一直由韦后和武三思把持，使得朝纲混乱，贤臣被贬。但孟浩然显然有点太理想主义了，他觉得即使自己入仕，也是为虎作伥而已。也许是因为气盛，也许是因为年轻，他毅然做出了绝不出仕这一决定。

父亲自然希望他迷途知返。为免除日日被逼的苦恼，年纪轻轻的孟浩然居然悄悄走掉了，他躲到一个名为鹿门山的地方，隐居起来了。其实，在当时确实有不少人以隐求仕，隐居在"终南山"，其实是想借隐士之名获取更好的资本，这便是人们所说的"终南捷径"。我们不知道，年轻的孟浩然是出于什么目的隐居鹿门山的，反正他这一反叛的举动，着实让老父亲伤透了心。

在鹿门山的日子悠闲自在，不愁经济，还有大把的青春可以挥霍。他也时常表示对隐士生活挺满意的，这些都写在了他的诗中。

坎坷曲折的寻求功名之路

数年后，孟浩然的父亲含恨而逝。也不知道是随着年岁渐长，该体验的生活已经体验过了，还是想给父亲一个回答，"不学无术"的孟浩然改变了不入仕途的初衷，来到了天下举子云集的名利之地——长安。他也想在这里求得功名。

唐玄宗开元十六年（728 年）冬天，孟浩然赴首都长安，准备参加次年春天的进士考试。第二年科考放榜，本来信心满满的他却落第了。他初到长安名望不够，又没有名流推荐，落第仿佛是没有什么意外了。

唐朝士人考试前，会将自己的诗文想方设法送到名流或权贵手中，以期得到他们引荐。孟浩然总结了失败经验后，也开始广交名流。据说一个秋天的夜晚，他和一群文人学士在秘书省联句，他的那句"微云淡河汉，疏雨滴梧桐"让在座文士心悦诚服。他还结交了当时的大诗人王维，还有丞相张九龄等人。

在来长安之前游洞庭湖时，他还写了《望洞庭湖赠张丞相》赠给当时的宰相张九龄。张九龄是唐朝名相，自己会写诗，又爱有才华的人。孟浩然希望通过这首诗，让张九龄提携自己。这是一首典型的"干谒"诗。

八月湖水平，涵虚混太清。气蒸云梦泽，波撼岳阳城。
欲济无舟楫，端居耻圣明。坐观垂钓者，徒有羡鱼情。

诗的前四句写景，写尽了洞庭湖的壮丽景象和磅礴气势，历来为人称道。诗的意思是：八月的洞庭湖水几乎与两岸齐平，天空投映在水面，水天一色，让人难以分辨得清。云梦大泽水雾蒸腾茫茫一片，汹涌的洞庭波涛仿佛在摇撼着岳阳城。

诗的后四句抒情。诗的意思是：我想渡过洞庭湖，可又没有船（实际意思是我想步入仕途，可又没有门路）。如果再隐居下去，那又太对不起这个太平的时代。看着湖边钓鱼的人，我只是空有羡慕他们能捉到鱼的心情啊！

这首诗虽然没有让他科考成功，却成功流传后世。而且还流传到皇帝的耳朵中去了。据说有一次孟浩然在王维的官衙内时，唐玄宗来了，孟浩然是布衣，不能见天子，但王维想借此向皇帝推荐他，便以实相告。玄宗让他出来吟诵了他写的新诗。诗中有一句"不才明主弃，多病故人疏"，意思是自己没有才能，使英明的皇帝也不赏识他；身体又多病，来往的亲友故人也和自己疏远了。

说实话，孟浩然写给张九龄的干谒诗和这首念给皇帝的诗一样，总是在叫苦叫穷，和李白的自信满满、雄视古今比起来，显得有些小家子气了。反正玄宗听到"不才明主弃"这句时很不高兴，对他说，你自己这么多年不主动寻求做官，我并没有抛弃你啊。你怎么就不朗诵"气蒸云梦泽，波撼岳阳城"这样大气的诗呢？

看来，皇帝在心底是看不起孟浩然的小家子气的，这样一来，他要做官简直是一件不可能的事。

他四处请托、寻求功名的过程中还有一个传闻。据《新唐书》记载，采访使韩朝宗也欣赏孟浩然的才华，想带他去京城，找机会举荐他。这个韩朝宗就是李白《与韩荆州书》中的韩荆州。韩朝宗好不容易找到一个合适的机会，还和孟浩然约好了时间。但到了约定的那一天，孟浩然却在朋友家喝酒，他喝得太尽兴了，居然把这件人生大事也抛在了脑后。当时有人提醒他，他豪爽地说："没见我在喝酒吗？管它做什么！"

在求仕屡遭失败后，长安不能再住下去了。孟浩然在离开时写了一首诗向当时任侍御史的好友王维告别，这首诗是《留别王维》。

寂寂竟何待，朝朝空自归。欲寻芳草去，惜与故人违。
当路谁相假，知音世所稀。只应守寂寞，还掩故园扉。

从诗中可以看出来，孟浩然对自己待在长安多年寻觅未果，还是心有不甘的。但当权者中没有真正可以帮得上忙的人，真正的知音也是那么稀少，他最终只能回到故园去过寂寞的隐居生活。这首诗中流露出了不甘，甚至是不满和抱怨。

王维知道像孟浩然这样的个性，可能并不适合在官场里混。他写了一首诗，劝勉孟浩然，也算是对他的临别赠言。

> 杜门不欲出，久与世情疏。以此为长策，劝君归旧庐。
> 醉歌田舍酒，笑读古人书。好是一生事，无劳献子虚。

诗中说，你原来闭门隐居不想出山，于人情世故久已疏远。如果以此为长久之计，我劝你回到隐居的旧地去吧。你回去过你的隐居生活吧，喝农家自酿的酒，醉了放声高歌；细读古人的著作，时时发出会心的微笑。像这样自在地度过一生多好，用不着像西汉的司马相如那样，辛苦劳累地跑到长安献《子虚赋》。

看来王维对孟浩然还是很了解的，他没有劝朋友继续走求仕之路，而是劝他去隐居，去读书、写诗、饮酒，这样自由自在的生活才更适合"久与世情疏"的孟浩然。

他的朋友遍天下

孟浩然离开长安后，在故乡襄阳及东都洛阳作短暂停留后，转往江淮及吴越一带漫游。

那首《宿建德江》，也许正写于他在吴越漫游的途中。

> 移舟泊烟渚，日暮客愁新。
> 野旷天低树，江清月近人。

诗中"野旷天低树，江清月近人"，写景细腻、观察入微，算得上他旅途之中的一大收获了。诗中又融入他四处辗转、游子思乡的愁绪，显得更加情真意切了。这首诗也是他的名作之一。

大约在唐玄宗开元十八年（730年）春天，孟浩然与李白在江夏（今湖北武汉市）相遇。不久，孟浩然乘船沿长江东下赴广陵（今江苏扬州），李白在长江边上的黄鹤楼给他饯行。孟浩然登舟出发后，李白一直伫立在黄鹤楼上，望着一叶孤舟消失在远方水天交接之处，写下了《黄鹤楼送孟浩然之广陵》。

　　故人西辞黄鹤楼，烟花三月下扬州。
　　孤帆远影碧空尽，唯见长江天际流。

此后，孟浩然一直过着隐居和漫游的生活。多年以后，孟浩然已经老了。据说李白曾到过襄阳，想去拜访孟浩然，但事不凑巧，没有见到。李白心中充满了遗憾，写了《赠孟浩然》留别。

　　吾爱孟夫子，风流天下闻。红颜弃轩冕，白首卧松云。
　　醉月频中圣，迷花不事君。高山安可仰，徒此揖清芬。

诗中说，我尊敬的孟夫子，你的品德诗才天下闻名。年轻的时候就不愿做官，放弃了功名富贵。即使是到了老年白头，仍然是和松云做伴。花前月下经常喝得醉醺醺的，留恋这种自由自在的生活不愿去侍奉君王。你那高尚的品德像高山一样，真叫我无比敬仰啊！

诗中"中圣"即醉酒。据《三国志·魏书》记载，汉末曹操主政时，实行禁酒令。当时人都害怕说"酒"字，便找了其他的词来代替，时人将清酒称为圣人，浊酒称为贤人。尚书徐邈私自饮酒，又怕外人知道，便对人说是"中圣人"，后来就以"中圣人"或"中圣"指称醉酒。

　　这首诗中李白对孟浩然评价很高，而且表达了自己的无比敬仰之情。其实，对孟浩然来说，"红颜弃轩冕"，并不是心甘情愿的选择而是在四处碰壁、求索无果之后的无奈之举。但自从选择了隐居的生活，倒也过得潇洒自在。这段时间，他写下了很多田园诗，诗中充满了田园生活的朴素之美。比如这首著名的《过故人庄》：

　　　　故人具鸡黍，邀我至田家。绿树村边合，青山郭外斜。

　　　　开轩面场圃，把酒话桑麻。待到重阳日，还来就菊花。

《过故人庄》诗意图

此诗的意思是：老朋友准备了丰盛的饭菜，邀我到农村的家里做客。茂密的树木在村边连成一片，村外青山横斜。打开窗户面对着场院和菜园，端着酒杯闲谈桑麻的长势。等到重阳节那一天，我还要到您这里来赏菊花。

　　和好友王维一样，孟浩然的诗也像一幅画，二人被后人并称为"王孟"，且同为山水田园诗派的代表人物。其实，王维的诗，如山云般高远，写的主要是"山水"。而孟浩然的诗，则带着让人倍感亲切的人间烟火气，写的主要是"田园"。就以这首诗而言，不仅景致宜人，还带着浓浓的"饭香"。深秋的田庄内，正忙活着做黄焖鸡米饭的故人，此情此景，怎能不让人心向往之啊！

　　我们从诗中还可以看到孟浩然的朋友很多很多，上至有才华的诗人朋友王维、李白，下至山野村民，他的性格中的确有常人所不及的豁达之处。王昌龄也是他的朋友，而孟浩然最后具有传奇性的死亡传说，就与这位朋友相关。

　　王昌龄从岭南遇赦回来，因为高兴，他特地转道襄阳找孟浩然叙旧。彼时，孟浩然因为后背长了毒疮，医生叮嘱他绝不可以喝酒吃海鲜。但因为看见老友太高兴，加上席面上的美食诱人，孟浩然就忍不住开了戒。结果，就在王昌龄离开后不久，孟浩然就因为毒发不幸身亡。

　　一次欢乐的相聚，竟变成了悲痛的生死别离。谁也想不到，倜傥一生的孟浩然，居然以这种让人瞠目结舌的方式，告别了人世。但这份洒脱，世上又有几人能及呢？

王翰：

狂放的『富二代』诗人

王翰 （687?—726）

姓　名： 王翰

字　号： 字子羽

代表作： 《凉州词》（葡萄美酒夜光杯)

画　像： 豪放洒脱，喜欢饮酒，能写歌词，名扬当时

以一首《凉州词》在唐代诗坛上留名

唐代的边塞诗，较为常用的曲调是《出塞》，又名《凉州词》。无论是《出塞》还是《凉州词》，唐诗中都留下了不少佳作。说起《凉州词》，我们会想起王昌龄的"秦时明月汉时关，万里长征人未还。但使龙城飞将在，不教胡马度阴山"，也会想起王之涣的"黄河远上白云间，一片孤城万仞山。羌笛何须怨杨柳，春风不度玉门关"。

王翰的这首《凉州词》，更是脍炙人口的佳作。

葡萄美酒夜光杯，欲饮琵琶马上催。
醉卧沙场君莫笑，古来征战几人回。

由兰州向西北行，就进入了河西走廊。河西走廊是一处狭长平坦的地带，包括凉州（今甘肃武威）、甘州（今甘肃张掖）、肃州（今甘肃酒泉肃州区）、瓜州（今甘肃酒泉瓜州县）及敦煌等大城市。由于地处黄河以西，故名河西走廊。在古代，这是丝绸之路的咽喉要道。

盛唐诗人王翰，于二十岁左右西游凉州，写下了这首诗。

诗的大意是，珍贵的夜光杯中，已斟满了葡萄美酒。正要畅饮时，有人在马背上弹起琵琶，仿佛在催人出征。醉倒在沙场上请你别笑话我，自古以来出征的人又有几个能平安归来的？

"夜光杯"，指华贵而精美的酒杯。约三千年前周穆王时，西域有人献"夜光常满杯"，杯用白玉精雕而成，当盛满酒后，举杯对着月光，杯会发出异样的光彩，故名"夜光杯"。

诗的后两句"醉卧沙场君莫笑，古来征战几人回"有多重理解，从表达的情感基调上来看，有人说是体现了诗人的达观豪放，有一种视死如归的万丈豪情。也有人说，这是故作豪放，借酒浇愁，背后充满了悲凉。欢乐是短暂的，生死无常，一旦上了战场，谁又知道有几个人能全身而归？

这首诗的迷人之处，也许正在于这种含义的丰富性，无论是达观还是悲凉，体现在诗中的那种浓浓的豪气，真不是一般诗人所能模仿的，这或许正源于诗人王翰狂放不羁的个性吧。他的个性成就了他别具一格的诗风，他的个性也让他的人生之路变得格外坎坷。

"富二代" 的别样人生

自隋以来，太原王氏一直是世家望族，以王翰为原点，纵观前后百年，一姓之中，可谓俊采星驰，如王绩、王勃、王维等等。再往前推，秦将王翦、汉相王陵皆是太原王氏家族中人。也许正是这名门望族的出身给了王翰狂放不羁的底气。狂放伴随着他的一生，给他带来了快意，也让他的仕途充满了坎坷。自古以来，在仕途上走得平顺的人，大抵是要收敛锋芒，磨平棱角，消磨一些锐气的。很难想象一个一辈子自负而狂放的人，会在仕途上通达。

据《唐才子传》记载，王翰少年时恃才不羁，喜欢纵酒、养名马、蓄家妓，生活极其奢靡。他自比王侯，整日里聚集一批意气相投的"五陵少年"，斗鸡走马、歌酒狂乐，典型一个"富二代"浪荡公子哥的形象。

他的狂放还不只如此。

二十多岁时，王翰在长安混得风生水起，远近闻名。更让人侧目的是，他弄了一个当时文人的排行榜，这个排行榜一出，简直是炸了锅。

据说某天一大早，长安城外挤满了人，大家都围着一份贴在城墙上的文人排行榜议论纷纷。这个文人排行榜上，列举了当时上百位著名的文人，且将这些文人分为九个等级，其中一等的只有三个人：张说、李邕、王翰。

俗话说文无第一，武无第二。这份名单一出，自然激起公愤。张说已有官位，自然不会做出这种事；李邕也是一时名士，书法更是独步天下，也不屑于做这种事。排出这个排行榜的，自然非狂放而无功名的王翰莫属。

他的这一举动，虽是出自一时快意，但他的狂妄也真是让人无语。

在唐代诗坛留有大名的优秀诗人，都被他排在自己后面了！

仕途坎坷，命殒他乡

王翰的确有才，而他的才华也是他狂放的资本之一。

在弄了这个没有公信力却激起公愤的排行榜后，王翰下决心参加科考，以证明自己的才华并非浪得虚名。

23 岁时，他参加科考，一举中第。五十少进士，在唐朝五十岁考上进士都算年轻的，而他年仅 23 岁便考中了进士，确实是很多极有名声和才华的诗人所望尘莫及的！

只是登第之后的王翰，并没有马上得到实职。他只好回到老家，继续过着纵酒为乐的生活。当时的并州长史因为他极高的才分，对他礼遇有加。继任并州长史张说，也视他为座上宾。后来张说被任为宰相，王翰便成为他府上的常客。也正是在张说的举荐下，王翰渐渐接触了张九龄、贺知章这些朝中贵人，并获得了秘书省正字的职务。官阶虽低，但也是京官。后来，又被提拔为驾部员外郎。也正是这次升迁，让他有了出使塞外的机会。

王翰一共只留下了 14 首诗，无文集传世，仅一首边塞诗《凉州词》让他在诗坛上留名。

后来张说被罢相。王翰也随着被贬，先后被贬到了汝州、仙州，做的都是小官。无论在哪里，他狂妄自大、豪放不羁的个性一点也没有变过。这样的个性，除非是极为相知的知己，几人能容、几人能懂呢？他的仕途坎坷，也是可以预见的。

后来，他又被贬到了河南道州，做了一个小小的司马。自此后，他便音讯全无，命殁他乡。

提起《凉州词》，几乎无人不知。提起王翰，又有几人知晓？

但历史是公平的，人们记住了秦皇汉武，也记住了以一首诗留名的王翰。

王昌龄：

朋友满天下，皆是沦落人

王昌龄（698—757）

姓　名： 王昌龄

字　号： 字少伯

别　名： 王龙标（任职地）、王江宁（任职地）

荣　誉： 诗家夫子、七绝圣手

代表作： 《芙蓉楼送辛渐》、《出塞》（秦时明月汉时关）、《从军行》（其四）

画　像： 盛唐著名边塞诗人，也擅长宫词

出身寒微，为生计奔波

王昌龄被称为"七绝圣手"，又被称为"诗家天子"。后一种说法据说原为"诗家夫子"，因为"天"与"夫"极易讹误。但"诗家天子"从某种程度上表明了王昌龄诗歌创作水平之高。

和王翰相比，王昌龄家世寒微，是一个地地道道的农家子弟，没有可资依托的家世名望，他只能靠自己。一直到二十多岁，王昌龄都是一边在家耕地，一边苦读。个中的艰辛，可想而知。

读书当然是为了科考，但王昌龄一开始并没有立即选择科考之路，其中的原因不得而知。他一直到近四十岁才中进士，在这之前，为了生计，他进行了各种尝试。

在唐代，一个寒门弟子想要步入仕途，除了走科考一途外，还有一些不太常规的门径。比如求仙学道，做个隐士，隐士做出了名，便可以像唐代的卢藏用一样，走终南捷径。王昌龄二十多岁时，曾在嵩山学道。做出这种选择，李白有过，晚唐的李商隐也有过。

他选择修仙求道，真实目的当然不是羽化登仙。王昌龄毕竟是个读书人，他也知道古往今来，与求官相比，成仙的可能性小到不成比例。但为什么要绕这样一条弯路呢？很简单，在《上李侍郎书》中，他很坦白地说道："昌龄岂不解置身青山，俯饮白水，饱于道义，然后谒王公大人以希大遇哉！"意思就是，我在深山老林里，守株待兔，等待某位贵人出其不意地与我相逢，并相见恨晚，立即举荐我到朝中为官。但很遗憾，这个可能性太小了，以至于我"每思力养不给，则不觉独坐流涕，啜菽负米（啜菽，饿了吃豆羹；负米，指外出求取俸禄以孝养父母）"。读来让人心酸。

只可惜，这条路他并没有走成功。几年之后，他又开始了另一种尝试，选择投笔从戎，远赴塞外，想以从军讨生活。

初唐初期，因为吐蕃大举进犯，引发了唐朝青年子弟的参军热潮。贫寒子弟在疆场上可能有机会出人头地，沙场虽然凶险，但也是建功立业的好地方。像骆宾王花甲之年，还试图以军旅生涯再次冲击人生高峰，久居书堂的杨炯也长吁短叹："宁为百夫长，胜作一书生。"

最开始，王昌龄曾短期盘桓于潞州和并州，也就是现在的山西境内；后来又漫游于西北河陇边塞。他只是想在边塞之行中找到让自己出头的机会。但他没想到，这一趟边塞之行，却让他成了那个时代最优秀的边塞诗人之一。

在中国的历史上，自周朝建立以来，似乎就一直和北方的游牧民族在拉大锯中纷争不断。西周时为了抵御犬戎的进攻，设立了烽火台，一旦出现突发状况可以号令天下诸侯。周幽王为博美人褒姒一笑，演出了那幕著名的烽火戏诸侯，尽人皆知。时光转至秦汉，即使秦军有虎狼之师，蒙恬的三十万大军也曾把匈奴打得十多年不敢南下，但日积月累的骚扰也让始皇帝不堪其扰，干脆自筑长城以供护卫。西汉初年，刘邦雄赳赳气昂昂亲自讨伐匈奴，却因为轻敌中计，被围在白登山差点饿死。从那之后，一直到死，刘邦都没再敢动和匈奴一争高下的念头。以骄横跋扈著称的吕后，接到匈奴单于的"调戏"信件，也只能叹息有心无力，忍气吞身。

汉朝这口气一忍就忍了七十年，直到汉武帝时期，兵精粮足、战备充分，经过四十多年的反击作战，终于取得决定性胜利。那一段铁血历史，让许多将领从此名垂青史，也给了后世的诗人们无尽的灵感和热情激昂的创作空间。

王昌龄正是在深沉的历史背景与现实的边塞之行的双重体验下，写下了这首著名的边塞诗《出塞》，此诗也被人认为是唐代七绝中的压轴之作。

秦时明月汉时关，万里长征人未还。
但使龙城飞将在，不教胡马度阴山。

自秦汉以来，守卫边塞的军人换了一代又一代。他们所守的是中原辉煌的文明，阳关以外，不是故人，而是虎视眈眈、对富庶繁华的中原一直觊觎的铁骑异族。而为了保护长安这座东方文明的千年古都，每个守卫边疆的将士都是在这寂寞、冷绝而枯燥的环境中，奉献了青春和热血。

戈壁荒漠，漫漫黄沙，金戈铁马，冷月无声。危险就隐藏在空寂得几乎凝滞的每一个瞬间。这需要有一位充满智慧且勇敢的将领，一个像飞将军李广一样令敌军闻风丧胆的良将，而不是好大喜功、胆小惧敌的庸才。只有他，才能真正守护一方平安，"不教胡马度阴山"。诗人的这个愿望，从反面印证了当时国无良将的现实。沙场无情，一个错误的指令，就使得多少热血男儿"万里长征人未还"。

王昌龄的《从军行·其四》也被认为是边塞诗中的翘楚。

青海长云暗雪山，孤城遥望玉门关。
黄沙百战穿金甲，不破楼兰终不还。

玉门关一带，西临突厥，烽烟不绝、激战连年。诗歌前两句描述了悲凉壮阔的边疆景象，紧接着又以铿锵有力、激昂慷慨的笔触赞扬了戍边将士们保家卫国的豪情壮志。这样的豪气与意志，也只有充满青春和激情、充满希望和力量的盛唐才能有。现实的悲凉，始终掩盖不了诗人心中的一片热忱。这样的诗读起来，也的确振奋人心。

仕途坎坷，沉沦下僚

塞外漂泊数年之后，依然没有什么实质性的进展。在 30 岁左右，王昌龄只得返回长安参加科举考试，并考中了进士，开始步入仕途。

仕途不如意几乎是所有诗人共同的命运。进士及第后，王昌龄被授予秘书省校书郎的官职。品位虽微，但据《通典》所说，此"为文士起家之良选"。王昌龄在这里干了六七年，一直未能晋升，却写下了多首水平很高的宫怨诗。

但诗名并没有给他的仕途带来什么好运，紧接着他又参加了博学宏词科的考试。这一次，他依然以优异的成绩通过，但所授的官职让他失望透顶。原来的校书郎还是一个九品，但这一次被授予的汜水尉却在九品之下。

紧接着他因事获罪，被贬谪赴岭南。后来遇赦北还，北归途中，他在襄阳与相交多年的老友孟浩然会面。两位诗人惺惺相惜，却不承想这一次老友相会，使得孟浩然魂梦归天。原来，孟浩然在此前背部长了毒疮，两人见面时，病情刚刚减轻，因为太兴奋了，就忘记了医生不准食河鲜的嘱咐。结果，本是一场接风宴，却成了孟浩然人生最后一餐，而这场乐极生悲的意外也成了王昌龄内心最痛的记忆。

与孟浩然永诀的第二年，王昌龄被任命为江宁县丞。因这一个官职，王昌龄又被世人称为王江宁，就如同李白是李翰林、杜甫是杜工部、王维是王右丞一样。但这个官职,王昌龄很不满意。被任命之后,他迟迟不上任,在洛阳多待了半年,日日饮酒消愁。也正是这些赌气的做法,使得他屡受非议,在《唐才子传》中也落得个"晚途不谨小节,谤议沸腾,两窜遐荒"的评论。《旧唐书》本传中又说他"不护细行,屡见贬斥"。

在远赴江宁做官而与好友告别的时候,他曾赋诗《芙蓉楼送辛渐》表明自己的心迹:"洛阳亲友如相问,一片冰心在玉壶。"不要认为我王昌龄是一个不负责任的人,我的内心犹如玉壶一样冰清,我只是不愿意过多解释罢了。

据说当时的名相姚崇写了《冰壶赋》,在文中说当官要像"冰壶"一样清白清廉,王昌龄用"冰心"之典,也许是自喻清廉。像他这样冰清玉洁的人,怎能在复杂而浑浊的仕路上打拼呢?说到底,人的性格在某种程度上决定了他的命运。

好友满天下, 俱是沦落人

王昌龄诗才很高,仕途虽然不顺,朋友缘却很好。这也得益于他像"冰心"一样的坦诚与赤诚吧。

王昌龄的好友除了前面提到过的孟浩然、辛渐,还有李白。当他被贬到更远的龙标时,李白写诗为他送行。

杨花落尽子规啼,闻道龙标过五溪。

我寄愁心与明月,随君直到夜郎西。

好友精神上的陪伴与慰藉，也许是他坎坷仕途上一抹足以照亮黑暗、驱除忧愁的亮色吧。

李白与王昌龄同属坦率赤诚之人，惺惺相惜，也并非怪事。而且，二人同为天涯沦落人。当时李白被流放到夜郎，也就是今天的贵州某地。他感慨自己无法陪伴好友，只能将自己的关心寄与明月，远远地遥寄祝福了。

让王昌龄没想到的是，此次的龙标之行，还成了他生命中难得的悠闲岁月。至少在他的诗《龙标野宴》中能看到这份悠然。

沅溪夏晚足凉风，春酒相携就竹丛。
莫道弦歌愁远谪，青山明月不曾空。

《龙标野宴》诗意图

龙标八年，王昌龄不光具有诗名，还颇有政绩，当地县志说他"为治以宽""善政民安"，百姓也赞扬他"龙标入城而鳞起，沅潕夹流而镜清"，送他"仙尉"美称。而求诗者更是"溪蛮慕其名，时有长跪乞诗者"。

　　天宝末年，安史乱起，肃宗即位于灵武后，大赦天下，史书记载，王昌龄不知何故在这个时候离开龙标。但是在路过亳州时，却被刺史闾丘晓杀害。说来也令人感慨，唐代的这些诗人，不知为何大都身世坎坷而且不得善终。没人知道王昌龄在兵荒马乱的年月，为何要离开还算安稳的湖南；也没人知道，他究竟为何糊里糊涂地死在了一个武将的杖杀之下。《唐才子传》记载，他"以刀火（刀火，指战乱）之际归乡里，为刺史闾丘晓所忌而杀"。

　　这起莫名悲惨的杀戮事件，连史书都只给了这样一个含糊的说法。

　　闾丘晓的报应也来得很快。同年十月，他作为一介武将因救援不力、贻误战机，而被当时的宰相张镐杖杀。据说，闾丘晓临死前还哀求，"辞以亲老，乞恕"，镐曰："王昌龄之亲，欲与谁养乎?"

　　张镐的这个回答很有深意。本来，闾丘晓被杖杀的原因是贻误战机，因他的失误而死去的性命何止百千！但张镐都没有提，只是说了王昌龄的名字。有人说，或许张镐就是王昌龄的一位忠实"粉丝"，他是在用这个机会替诗人报仇。但也有人认为，张镐能杀闾丘晓，是因高适授意，而高适也曾经是王昌龄最亲密的知己之一。

醉太白图

李白：

君为谪仙

李白（701—762）

姓　名： 李白

字　号： 字太白，号青莲居士

别　称： 诗仙

荣　誉： 唐朝最伟大的浪漫主义诗人，与杜甫并称为"李杜"

爱　好： 写诗、喝酒、舞剑、学道、旅游、交友

代表作：《黄鹤楼送孟浩然之广陵》《将进酒》《望庐山瀑布》《静夜思》（好诗太多，"绣口一吐就是半个盛唐"）

画　像： 被贬落凡尘的谪仙人，这个尘世已盛放不下他的理想和想象

李白是一个看不透的谜

在我们头顶灿烂的星空中，有两颗星星是用中国诗人的名字命名的，这两个诗人一个是屈原，一个是李白。李白死后能够在日月星辰中占据一个位置，可以说是我们这位天才诗人在世时最伟大的抱负之一。

李白这一生，生在异乡，死也在异乡；他这一生，仿佛从未真正地属于这个人世。

公元701年，李白出生在安西都护府管辖的碎叶城。还有一种说法是，他出生在唐剑南道绵州（今四川省江油莲乡），自言祖籍陇西成纪（今甘肃省天水秦安）。还有一说是绵州昌隆人。

这么多出生地的猜想也就罢了，有关李白的身世更是扑朔迷离。有人说，他的远祖为秦朝诛杀燕太子丹的名将李信，他的先祖为西汉龙城飞将李广。还有人说，他是北朝西凉国武昭王李暠之九世孙，因祖先在隋朝末年获罪被流放到西域，因此他也出生在那里。

李白，字太白，他为什么要取这样一个名字呢？李白自己跟别人说，他母亲生他的时候，曾经梦到太白金星钻到她的肚子里。这话等于是说，我李白是天上的太白金星下凡转世。因为这个缘故，后来贺知章老先生用"谪仙人"这个名号称呼他时，李白毫不犹豫就接受了。他等了那么久，现在终于有人承认他是天上的太白金星下凡了。民间还传说李白是喝醉了酒，下水捞月亮死的。总之，李白生时，他坚信自己就是太白金星下凡，并且他也被世人承认为"谪仙人"；李白死后，他的精魂与月亮合而为一，又回到天上去了，并且真正成了天空中的一颗星星——"李白星"。

西谚云：一千个读者，就有一千个哈姆雷特。其实，李白对于中国人而言，也是如此。

关于李白的形象，我认为还是魏颢的描述最为传神到位。这位仁兄是李白的铁杆粉丝，年轻时为了追星，曾经跑了三千多里路去找李白。他说李白："眸子炯然，哆如饿虎，或时束带，风流蕴藉。"翻译过来就是说：李白的两颗眼珠子贼亮贼亮，大得像饿虎的眼睛似的。这形象，岂非一个生气淋漓的猛男？但他的穿着就有点出尘的味道了，有时戴着高高的云冠，身上的佩饰长到曳地。这形象，岂非一位高蹈远举、俯视红尘的仙人？这就是李白。

李白口才极好，经常大言不惭，有一种睥睨天下的气概。李白精力过人，会武术，也杀过人，还曾经混迹江湖。李白爱好自由，性情浪漫，"一生好入名山游"。李白从小喜欢神仙，曾经认真地学过道、炼过丹，做过酒徒。李白自视甚高，眼高于顶，却又热衷功名，他既不愿摧眉折腰事权贵，又不肯低头在草莽……这样说来，李白在我们心目中的印象就是天才、诗仙、侠客、道士、旅行家、纵横家、神仙、隐士、酒徒、性情中人……而且每一种形象都是那样鲜明耀眼，令人过目不忘，以至于我们有时候会很迷惘，李白究竟是本来如此还是我们想象的结果？为什么他有时候那样像是我们的知己，有时候又那样像是一个异类？有时候飘逸得像是一个世外高人，有时候又不可救药地像是一个红尘俗人？

李白精神上很伟大，最重要的是他坚信"天生我材必有用"，所以才有"蜀道之难，难于上青天""大道如青天，我独不得出"的真切痛苦，才有"生不用封万户侯，但愿一识韩荆州"的汲汲追求，才有"仰天大笑出门去，我辈岂是蓬蒿人"的自信满满，才有"花间一壶酒，独酌无相亲"的内心孤独，才有"安能摧眉折腰事权贵，使我不得开心颜"的潇洒脱俗，才有"大鹏飞兮振八裔，中天摧兮力不济……仲尼亡兮谁为出涕"的临终呼号……所有这一切，包含着多么丰富的生命体验，寄寓着多少人的追求与渴望啊！李白这种精神上的自信自强，用一句话来概括就是：我是天才我怕谁！

至于李白天才般的诗才，那就更不胜枚举了。余光中曾赞叹他："酒入豪肠，七分酿成了月光，余下的三分啸成剑气，绣口一吐就半个盛唐。"

既然是个谜，那我们只挑几个最重要的特点来说。

既是仙侠，又是俗人

据《新唐书》记载，李白"十岁，通诗书。既长，隐岷山，州举有道不应"。小小年纪的李白，不仅在诗书、楚辞、乐府上颇有造诣，他还花了很长时间学习剑术、道术以及纵横术。最有意思的是，他甚至还在岷山学会了驯鸟。

但是，李白就是不愿意参加科考。即使有官员举荐，他依然一笑置之。除了写诗，李白平生所好有这几样：剑术、酒、旅游以及道术。李白的剑术究竟有多高，据他自己在《与韩荆州书》中称："十五好剑术，遍干诸侯。三十成文章，历抵卿相。"由此看来，李白觉得自己的剑术高于诗歌成就。

如果没有求官一愿，李白彼时的梦想，是做一名畅游天下的游侠。就如他自己在《侠客行》中所写：

> 赵客缦胡缨，吴钩霜雪明。银鞍照白马，飒沓如流星。十步杀一人，千里不留行。事了拂衣去，深藏身与名。

由此可见，武侠的梦想，可不光是现代人的专利，千百年前，那位著名的浪漫诗人，已经给我们打了样板。我们与偶像也并非是山高水远的距离，至少，我们都曾经有过"仗剑走天涯"的梦想。

李白这一生，几乎都在路上。他的足迹曾遍布四川、湖北、湖南，甚至甘肃、北京等地。旅行似乎就是他的灵感来源。在巴蜀，他留下了《蜀道难》；在安徽，留下了《望天门山》。一路行一路歌，李白彻底践行了把诗歌和远方都纳入囊中的梦想。

李白也曾想过为官求仕。他四处投递简历，却处处碰壁。他先是拜谒宰相张说，很不巧张说病重，李白又通过他儿子张垍，住到了终南山玉真公主别馆。为了博得公主的欢心，他献诗给玉真公主，称她"弄电不辍手，行云本无踪"。文采是没得说，至少比王维当年写给玉真公主的"碧落风烟外，瑶台道路赊。如何连帝苑，别自有仙家"要热情奔放许多。更重要的是，李白崇信道教，而玉真公主也在道观出家。本来以为凭借这层关系，公主能对自己青眼有加。谁知，李白却一直连"仙人"的影子都没有看到。

那是一个秋夜，偏偏还下着零星的细雨。李白再次求见玉真公主，却仍然没有见到真容，只有郁郁留诗，"清秋何以慰，白酒盈吾杯"，最后黯然离开长安。

自此之后，李白便踏上了无止无休的求荐之路。曾有人提出过疑问，凭李白的文采，为什么不尝试科考呢？也未必就没有机会。有学者指出，因为李白出身商人之家，虽有"千金之财"，却没有参加考试的资格。这也是他一生中只能靠举荐才能出人头地的原因。他也曾给韩朝宗写文"干谒"，却石沉大海。

按说，时任荆州长史的韩朝宗素有"伯乐"之称，他最喜欢提拔后进，而李白的那篇《与韩荆州书》更是举世名篇，为何就没能让他动心呢？说到底，李白文采虽高，但性格狂放豪拓。对于其他读书人而言，干谒文的标准规格是不卑不亢且谦虚有礼，而李白的这篇文章却写得纵横恣肆，气概凌云。文章一开始，便破空而来，称自己"长不满七尺，而心雄万夫……而君侯何惜阶前盈尺之地，不使白扬眉吐气、激昂青云耶"。

然则，曾主动要求举荐孟浩然的韩朝宗，看到这样一篇气势磅礴的干谒文，却没了下文。只能让人猜测，或者他与李白八字不合，要不就是他自觉撑不了李白这样的大船，只能放弃。

当然，彼时等待回音的李白，并不知晓自己的文字会流传千古，成为历代学者孜孜不倦研究的目标。他只期待韩朝宗能给他一个回信，但最后还是陷入失望。

仙侠的事他干过，俗人的事他也干过，这就是李白。

李白与酒

李白嗜酒如命，诗才如仙，人称李谪仙。

天宝元年（公元 742 年），在多方举荐和努力下，李白果真被诏入京。李白认为实现自己抱负的机会终于来了，兴奋之余，写下了这首《南陵别儿童入京》，与妻儿作别：

白酒新熟山中归，黄鸡啄黍秋正肥。呼童烹鸡酌白酒，儿女嬉笑牵人衣。高歌取醉欲自慰，起舞落日争光辉。游说万乘苦不早，著鞭跨马涉远道。会稽愚妇轻买臣，余亦辞家西入秦。仰天大笑出门去，我辈岂是蓬蒿人。

诗中说"会稽愚妇轻买臣，余亦辞家西入秦"，他将自己比作朱买臣。朱买臣是西汉人，家里很穷，却酷爱读书，到了四十岁还是落魄的书生，靠卖柴为生。妻子嫌他穷，弃他而去。后来他在同乡的帮助下，入了朝廷，因向汉武帝献计平定东越有功，被封为会稽太守，后来还位列九卿。李白此次被召入京，也是四十余岁。他以为自己可以和朱买臣一样，为朝廷所用，遂青云之志。所以在诗中发出"仰天大笑出门去，我辈岂是蓬蒿人"的豪言壮语，这种自信真是无人能及呀！

初到长安时，他的确受到了恩宠。唐玄宗在金銮殿召见他，还亲自为他调羹，与他议论当世之事，更封他供奉翰林，让他草拟文告，陪侍左右。每有宴请或郊游，唐玄宗必命李白侍从，让他赋诗纪事。

尽管在外人看来，他得到了无边恩宠。但这种生活对于李白来说有点困惑。在最初的飘飘然之后，他蓦然发现，自己被禁锢了，被以荣华尊崇之名，锁在了皇帝身边。

李白很苦恼，他多年苦学，四处求索，不就是想进入这个国家最高统治圈子，成为众人景仰的大人物么？但眼下的这个位置离他的期望实在太远。他想成为济世救民的贤臣，而不是一个随侍皇帝的跟班。虽然同在京城，同在朝廷，但两者的差距太大了。

苦恼的李白，不知不觉又找到了酒这个好伙伴，而且越喝胆子越大。有时候，皇帝召见的时候，都发现他喝得云里雾里、酒气熏天。

这样的状态，如果换到一般人，早就惹得龙颜大怒了。但唐玄宗出乎意料地并不因此生气。也许，在他心里，李白并不是朝堂论事的普通臣子，就是一个放浪不羁的文人，要求不必过高。

那一日，唐玄宗带着杨贵妃去兴庆宫的沉香亭赏牡丹花。风和日丽，美人名花，看得唐玄宗心花怒放，再听些旧乐词显然满足不了他的胃口，于是他马上又宣李白来写新诗。谁知道，去宣的人回来说，夫子又醉了！

唐玄宗心情很好，不以为忤：醉也没关系，就让他醉着写诗！

于是李白在醉中，立即赋了三首极其著名的《清平调词》：

云想衣裳花想容，春风拂槛露华浓。
若非群玉山头见，会向瑶台月下逢。

一枝红艳露凝香，云雨巫山枉断肠。
借问汉宫谁得似，可怜飞燕倚新妆。

名花倾国两相欢，长得君王带笑看。
解释春风无限恨，沉香亭北倚阑干。

唐玄宗读了这三首《清平调词》后大喜，命李龟年等即时演唱。于是盛唐时代的著名音乐家齐上阵，李谟吹笛，花奴击羯鼓，贺怀智击方响，郑观音弹琵琶，张野狐吹筚篥，演唱起来。杨贵妃在旁手执花枝而笑。玄宗兴致一来，也拿起玉笛加入了演奏行列。

唱毕，玄宗命贵妃执七宝杯，赐李学士一满杯西域产的葡萄酒。在我国唐代，还不会酿造酒精含量高的白酒，一般人喝的是用糯米或黄米（黏小米）酿成的米酒，相当于现代的醪糟酒，这种酒度数并不高。因此，李白才敢说"百年三万六千日，一日须倾三百杯"。要是六十度的白酒，一天喝三百杯，恐怕谁也受不了。

李白饮酒之后，绣口一吐，就是半个盛唐，上面的三首诗就是很好的例子。他因酒而与诗结缘的例子，还不只如此。唐玄宗天宝十四年（公元 755 年），李白在宣城（今安徽宣城）一带漫游。这时，泾川（今安徽泾县）有个叫汪伦的人，久慕李白的大名，于是专门写信邀请他，信中说："先生您不是喜欢游览吗？这里有十里桃花。先生不是喜欢喝酒吗？这里有万家酒店。"

李白接到信后，非常高兴，立即前往。汪伦请李白住在自己家中，然后对他说："十里桃花是说这里有一个桃花潭，距此十里，不过并无桃花；万家酒店是这里仅有的一家酒店，老板姓万，不是说有一万家酒店。"胸怀豁达的李白听罢，不禁哈哈大笑。

几天之后，李白告辞了。汪伦组织了一批村民，以当地特有的踏歌形式为他送行。李白见此异常感动，当场写下了这首《赠汪伦》。

李白乘舟将欲行，忽闻岸上踏歌声。

桃花潭水深千尺，不及汪伦送我情。

诗中说，桃花潭水纵有千尺深，也比不上汪伦送别我的情意。这种极其夸张的写法，看似荒诞不经，却浅显直白又饱含真情。我们不知道历史上的汪伦到底是个什么样的人，反正他因为李白的这首诗而出了名。后人还因此诗争论桃花潭到底在何处，名人的影响可见一斑。

王维：

诗书画乐，样样精通

王维（701？—761）

姓　名： 王维

字　号： 字摩诘（佛教用语）

别　称： 王右丞（以官职）、诗佛

荣　誉： 与孟浩然并称"王孟"

职　业： 诗人、画家、音乐家

代表作： 《送元二使安西》《九月九日忆山东兄弟》
　　　　　《使至塞上》"《辋川集》系列"等

画　像： 出身名门、全才全能、半仕半隐

名门之后，少年得志

在中国文化史上，王维称得上是一个全面发展的典型。他精通音律，善弹琵琶，早年曾经做过大乐丞。他是书法家，兼擅草、隶各体。他还是一个大画家，被后人推许为南宗画派之祖。他自己曾自负地说："宿世谬词客，前身应画师。"王维还是一个虔诚的佛教徒，王维字摩诘，其名与字都取自佛教经典《维摩诘经》。

偏偏史书还曾经这样介绍过王维的颜值："妙年洁白，风姿郁美。"如此看来，这样一个才华横溢的帅哥，无论活在哪个时代，都是一路走引来一路尖叫的偶像级人物了。

公元 701 年，王维出生在山西太原，家族是赫赫有名的太原王氏。太原王氏作为天下四大姓之一，在晋朝时达到顶峰。今天我们熟知的名人，比如秦朝大将王翦、书法家王羲之、诗人王勃都是王氏子孙。

而王维的出身更特别。不光是他的父姓荣耀，母亲这一族也是声名显赫，出自同样尊贵的清河崔氏。这个家族，和太原王氏以及陇西李氏、赵郡李氏、博陵崔氏、范阳卢氏、荥阳郑氏等并列为五姓七族高门。

但显赫的家族也没有带给王维太多美好的童年。王维九岁丧父，他和几位弟弟妹妹的教育都是由母亲一力完成。

十五岁时，王维离开家乡来到长安。他没有和其他人一样，在熙攘的人群中拼全力为自己杀出一条血路。他走的是一条很多文人都走过的老路，隐居终南山，扮成隐士的模样，等待着与达官贵人的偶遇，然后走一条"终南捷径"。

他仿佛就是属于这片山水的人。最初的隐居理由，或许是为了"钓鱼"。但是，在山里隐居越久，他越怡然自得，觉得这才是自己想要的生活。

但那个时候，他还很年轻，只有十七岁，这个世界对他还有着莫大的吸引力。那一年，他和身边的好友祖自虚到洛阳游玩。时逢九月初九，虽秋高气爽，但对于年轻人来说，还是不可避免地陷入了佳节思亲这一痛苦当中。

独在异乡为异客，每逢佳节倍思亲。

遥知兄弟登高处，遍插茱萸少一人。

写出这首名诗的时候，王维还只有十七岁。也幸而有了他的灵感天才，使得千年以来游子思乡的复杂情绪有了最清晰的表达。

这首诗的题目是《九月九日忆山东兄弟》，可能有人会疑惑，王维不是祖籍山西么？搬家了？其实，这里所说的山东指的是太行山东面。当时，他和朋友在洛阳感怀家人，正好在山以西；而山的东面，则是他的家乡。

二十一岁那年，他赴京兆府试，中举成了头名状元，人生到达了巅峰。

当然，以王维的才学而论，把状元纳入囊中并非难事。但让后人较有争议的是，王维的这个状元并不是明明白白考出来的，而是走了一定的门路。在唐朝薛用弱的《集异记》里，就讲了这个相当富有传奇性的故事。

那时的王维，不仅文章精妙，还熟谙音乐。唐代李肇的《国史补》，曾记载过这样一个故事："维尝至招国坊庾敬休宅，见屋壁有画《奏乐图》，维熟视而笑。或问其故，维曰：'此《霓裳羽衣曲》第三叠第一

《九月九日忆山东兄弟》诗意图

拍。'好事者集乐工验之，无一差者。"

看到一幅画，及画中人奏乐的样子，他就知道他们在弹奏什么，甚至在弹奏曲子的第几拍。这份能耐，古往今来，连曲误回顾的周郎，恐怕都自叹弗如吧。

就这样，精于乐理的小王同学，在某一天，由当时的岐王李范引荐，拜访了炙手可热的权贵玉真公主。

玉真公主是一位道姑。但在当年，她的真实身份却是唐玄宗李隆基同父同母的妹妹。因为厌倦了宫廷争斗，她自愿出家。这一做法也得到了她哥哥的大力支持。

但出家之后的玉真公主并没有真正远离尘世。相反，她的特殊身份，吸引了不少才子名流环侍左右。而王维真正打动她的，就是那一首琵琶曲《郁轮袍》。

如今，由王维自创自弹的《郁轮袍》已经失传。但完全可以想象，在当年的那场宴席上，"妙年洁白，风姿郁美"的王维，轻拨琴弦，如天人之姿，奏仙人之乐。此情此景，让玉真公主也沉醉不已。

有了公主的赞赏，本来就自带才子光环的王维在考场上所向披靡，以一首《赋得清如玉壶冰》应京兆府试，高中榜首。王维实现了"出名要趁早"的宏愿。

命运无常，辞官隐居

在唐代，科考只是你走向公务员岗位的敲门砖，要真正捧到一个铁饭碗，你还需要参加吏部考试。很可惜，王维落选了。直到第三年，他才擢进士第，解褐为太乐丞（唐太常寺有太乐署，置太乐令一人，从七品下；太乐丞一人，从八品下。掌国家祭祀享宴所用乐舞）。不管怎样，虽不算完全学以致用，但好歹进入朝廷的直属部门了。

但很奇怪，就在当年，他却因为一个过失，被贬谪为济州司库参军。这个过失说起来有点让人莫名其妙：身为乐官的王维，在乐工彩排时，无意间多看了几眼皇帝才能看的《五方狮子舞》。就此，往日的恩宠和荣耀悉数烟消云散。他被贬到了济州。

在济州，王维待了整整四年。之后，又调任淇上。在最不得意的地方，王维度过了自己从二十二岁到二十八岁最好的时光。别人的青春是"春风得意马蹄疾"，而王维的青春却全部用来韬光养晦了。

本来，这样的小官王维是看不上眼的，但无奈生计压迫。二十八岁时，他愤然辞职，干脆就在淇上隐居起来，下决心摆脱官场。那时候王维的诗文都是清新而愉快的。

王维在这里待了两年。事实上，他也不是完全没有收获的。所谓仕途不顺意，一般人都会去寻求精神解脱。在济州的日子，王维和当地的僧道多有来往。王维被称为"诗佛"，与他幼时家庭的影响以及后来的经历也大有关系。

隋唐时崇尚佛教与道教，很多文人墨客都以通晓儒释道为荣。两年后，王维又来到了长安。在那里，他师从大荐福寺道光禅师学顿教——顿教是禅宗的顿悟修法。隋唐时期，来自印度的《维摩诘经》非常有名。维摩诘乃是佛教中一个在家的大乘佛教居士，是著名的在家菩萨，是以洁净著称的人。与寺院系统性的修行不同，维摩诘崇尚心的修为，讲究顿悟，一时间为当时的士大夫效仿。

后来，王维又到了长安，与孟浩然有过一段交结。在历史上，王维与孟浩然并称山水田园派诗人。事实上，两人也是特别好的朋友，估计也是因为诗品相近，大有惺惺相惜之意。只可惜，这一次的离别，有不舍，更有心酸。

不舍的是友情，心酸的是老孟这一次赶考又落了第。身为状元的王维，也许不了解老友内心的酸楚。但是，仕途不得意的他，却太清楚，即使科考成功，在冗沉的官场之上，其实也算不了什么。一首《送孟六归襄阳》道尽了他欲说还休的心事。

不久，张九龄当权。王维对于这位德高望重的名相很是敬重，也燃起了再次出仕的小心思。于是，奉上那封《上张令公》。这是一首"干谒"诗，这相当于古代才子交给上级的自我推荐信。这首诗，一方面适度地吹捧了张九龄的功勋，一方面很得体地进行了自我介绍，含蓄地表达了自己想重新入仕的想法。

张九龄一直以来对王维也很是赏识，于是，很快给王维的任命就下来了。三十五岁那一年，王维被任命为右拾遗。官职不大，只有正八品。但职责很大，就是为皇帝的日常事务查漏补缺。这对于削尖脑袋都想挤到皇帝身边的官员来说，是个让人艳羡的职位。

这一次的出仕，王维很是顺心。但好日子不长久，一年半后，张九龄就遭到罢黜。王维很是沮丧，又动了归隐的念头，但最终还是选择留在了朝廷，只因张九龄的劝告。张九龄的意思是，知道你品行高洁，不愿与小人为伍，但如果君子都退出来，那么，朝廷的位置就只能都被奸人把持。

塞外之作，惊艳世人

王维到长安不久，就被任命为监察御史，出使塞外。表面来看，监察御史的身份要高于右拾遗，却使让他不能继续留在朝廷，而是出使塞外，这就是变相贬谪。王维的心里自然什么都明白，却也只能苦笑着接受。结果这一次塞外之行，却意外成就了他的诗作。对王维这样的全才来说，什么题材的诗，他都能写得出类拔萃，无论是写思乡的、柔情的、田园的，还是这种大漠塞外的。这首《使至塞上》一出，顿时惊艳了世人。

单车欲问边，属国过居延。征蓬出汉塞，归雁入胡天。
大漠孤烟直，长河落日圆。萧关逢候骑，都护在燕然。

在《红楼梦》中，刚学会写诗的香菱评论这两句，"想来烟如何直？这'直'字似无理，'圆'字似太俗。要说再找两个字换这两个，竟再找不出两个字来"。

"大漠孤烟直，长河落日圆"，充满了画面感，王维之诗，诗中有画，由此也可以看得出来。

在大漠的这段日子，对于王维来说，居然是一段难得的舒心时光。他被节度使崔希逸延请为幕府节度判官。这位田园风格的诗人，也开始转头写起了边塞诗，画风转变虽然有点大，但水平却绝不输于岑参和高适。后面他又写了一些边塞诗，如：

风劲角弓鸣，将军猎渭城。
草枯鹰眼疾，雪尽马蹄轻。

大漠生涯，有豪迈也有离情，由此也催生了那首著名的《渭城曲》。

渭城朝雨浥轻尘，客舍青青柳色新。

劝君更尽一杯酒，西出阳关无故人。

这首《渭城曲》又名《送元二使安西》。渭城即秦都咸阳故城，阳关在甘肃，安西在新疆。阳关已经没有故人，何况安西之远！此一去或成永别，不知何日重见。据说王维后来"偶于路旁，闻人唱诗，为之落泪"，大约是再一次忆起了故人吧。

历经世事，自隐终南山

在塞外一年之后，因为崔希逸被调，王维重新回到长安。那个时候，朝廷内依然是李林甫等奸臣当道，因此王维采取了更为消极避世的态度。他把自己定位成一个几乎完全闲散的"闲官"，曾一度隐居终南山。后来，他把自己最后的驻留地转移到了辋川。但是，居留于终南山时创作的那一首《终南别业》，却是一首让人过目不忘的天成之作。

中岁颇好道，晚家南山陲。兴来每独往，胜事空自知。
行到水穷处，坐看云起时。偶然值林叟，谈笑无还期。

特别是这句"行到水穷处，坐看云起时"，不知让多少人读来为之感叹神往。如果说之前王维的诗，你能看到一幅眼前的画卷，而读到这句，简直就是在你的心里开辟了一卷画面，它有多迷人，意蕴有多深远，全靠你的心来做主。

这个时期，王维大部分时间都住在他的辋川别墅里，并创作了大量的山水诗文。最重要的是，他还有一个好朋友裴迪，两人相互作诗唱和，诗作都收录在《辋川集》中。这部集子里的文字，出奇地宁静与祥和，美好得仿佛不似人间。这个时候创作的诗作，充满了禅意，也充满了王维个人的特色。这种发自内心的通透与宁静，鲜有人能比得上，仿佛他前生就是一个参禅得道的高人。

但这样的好景并没能一直持续下去。公元755年安史之乱终于爆发，唐玄宗携杨贵妃匆匆离开长安，文武百官中有少数人跟他们一起走了，而大部分人选择了留下。等安禄山攻占长安以后，这些没走的人都沦陷在叛军之手，王维就是其中的一个。

为了避免自己被逼迫做官，王维不惜给自己下药，让自己无法说话。但安禄山显然是太欣赏王维了，即使如此，也把他和一众官员软禁在菩提寺内。

这个时候，王维性格中的矛盾和妥协又占了上风。虽然他很不甘心依附安禄山侍奉伪朝，但他没有勇气以牺牲作为反抗，只能默默接受了安禄山所授予他的给事中的官职。与他相比，有一位乐工的表现就相当让人刮目相看了。

安禄山做了皇帝以后，在皇宫的凝碧池畔大宴群臣，还召集了很多乐师为他演奏。虽然很多人都被迫出席了，唯独有一个叫雷海青的琵琶师不肯演奏，把琵琶摔在地上，结果当场被杀死。王维听到这个消息后，非常感慨，写了这样一首诗。当然，他也没想到，这首诗后来还能救了他的命。

万户伤心生野烟，百官何日再朝天。
秋槐叶落空宫里，凝碧池头奏管弦。

这首诗最后能救王维的命，是因为还有一位很重要的人证。那就是他的好友裴迪。当时，王维被软禁在菩提寺的时候，裴迪冒着生命危险去看他，他把这首诗念给裴迪听，裴迪不仅记住了，还把它传诵出去。这也使得后来唐肃宗当政之后，论功行赏、按罪罚没的时候，王维不但躲开了和其他"伪官"被抄家流放甚至砍头的命运，还幸运地保留住了一个官职。

晚年的王维，虽然一直为官，与官场却越来越疏离。安史之乱带给他的耻辱，一直留在他心中。他自请辞官，晚年长斋，不衣文彩，与好友裴迪弹琴赋诗，啸咏终日。

晚年惟好静，万事不关心。自顾无长策，空知返旧林。
松风吹解带，山月照弹琴。君问穷通理，渔歌入浦深。

但深读下来，却不能不让人感到无尽的悲凉：我现在什么都不喜欢，只喜欢安静，别和我谈国事家事大道理，我只想听着渔歌，迤逦到水湾深处。

学佛一生、理禅一生的王维，尽管诗里诗外都透着宁静、安详与无争，但他始终没有勇气在诗中袒露真正的自己。也许他自己都不愿意承认，向佛一生、通晓禅理的他，一生都没有安放好那颗矛盾而悲哀的心。

公元 761 年七月，王维卒，葬于辋川。

高适：

会写诗也会做官

高适（704—765）

姓　名： 高适

字　号： 字达夫

别　称： 高常侍（以官职名）

荣　誉： 与岑参并称"高岑"，与岑参、王昌龄、王之涣合称为"边塞四诗人"。

代表作：《别董大》《燕歌行》

职　业： 诗人，官员

画　像： 以布衣封侯，会做官也会写诗

西行无果

公元704年，高适出生在渤海县，也就是如今的河北沧州。严格说来，高适的家世不可谓不显赫，他的爷爷高侃是唐朝名将，曾生擒突厥可汗，屡破高句丽。父亲高崇文曾任韶州长史，但在高适出生时，家境已经逐渐衰败下来。

少年高适胸怀大志，和很多人一样，他也来到长安城。盘桓多时，一事无成，他只好又回到家乡，后又客游各地。

公元731年，二十八岁时的高适再次做出了一个重大决定：仗剑西行。

唐朝尤其是盛唐时期，随着开疆拓土、军威四震，边塞军功成为向文士开放的一大出路，很多将帅多是文武全才，身边的幕僚更多为饱学之士。在这里，军人与诗人是并不冲突的两个职业。高适和王昌龄一样，第一次出塞，虽然没能建功立业，却在以后的日子里成就了他独特的边塞诗风格。

当时，高适最著名的边塞诗就是那首《燕歌行》，其中有这样的诗句：

汉家烟尘在东北，汉将辞家破残贼。男儿本自重横行，天子非常赐颜色……战士军前半死生，美人帐下犹歌舞……相看白刃血纷纷，死节从来岂顾勋？君不见沙场征战苦，至今犹忆李将军。

《燕歌行》是高适的代表作，不仅是高适的"第一大篇"，而且是整个唐代边塞诗中的杰作。

但这篇名扬古今的诗作，讲的却是一场失败的战事。诗中提到的那位将领骄奢淫逸，"战士军前半死生，美人帐下犹歌舞"，因为他的轻敌，导致了"身当恩遇常轻敌，力尽关山未解围。铁衣远戍辛勤久，玉箸应啼别离后"。

战场是残酷无情的，一个错误的抉择，赔上的是千万军士的性命。"杀气三时作阵云，寒声一夜传刁斗。相看白刃血纷纷，死节从来岂顾勋。"一场惊心动魄的恶战，就这样在诗句中形象地展现出来：寒月孤星下，狼藉的战场，遍布着为国捐躯的大好男儿。踏入战场之前，他们血气方刚，生龙活虎。可转眼间，便尸横遍野，魂归塞北。

异域独特的风光，剽悍粗犷的民风，以及对建功立业的极大渴求，让高适对塞外充满了兴趣。当然，他最希望的，就是信安王李祎和幽州节度使张守珪能够收纳他为自己的幕僚。

但很遗憾，当时这两位战功赫赫、炙手可热的唐朝名将，都没能把高适看入眼。几经努力，别说成就功名，连混个正式编制的幕僚都成了泡影。

第一次出塞的努力宣告失败。两年之后，高适只能带着一沓手稿和因"北路无知己"的一颗破碎的心，落寞地返回故乡。

难为小吏，知己良多

从塞外回来之后，高适又遭遇了一个打击：到京城参加科考但颗粒无收。好在天无绝人之路，在京城飘荡几年之后，他受到了张九龄弟弟张九皋的赏识，并被举荐做了封丘尉。

这是高适第一次做官，虽然官阶很小，但毕竟有了固定酬劳。但很快，高适就发现，这根本就不是他的菜。他宁可继续干着乞讨的买卖，也不愿意做这份差事。正如他在《封丘作》中所言：

拜迎官长心欲碎，鞭挞黎庶令人悲。

归来向家问妻子，举家尽笑今如此。

用白话来翻译这首诗，其实就是高适悲愤的吐槽：这是人干的活吗？我一个堂堂七尺男儿，天天对着长官点头哈腰，迎来送往，无止无休。然后还去随意欺辱百姓。回家给老婆孩子说，他们还笑话我，说世情就是如此！

很多人认为，一个人如果经年遭受挫折，就会对生活低头。但高适显然不是这类人。他很快就辞去了这份旱涝保收的差事，又过起了朝不保夕但自由随性的日子。

他的境遇依旧落魄，但他达观豪爽的性格却与常人不同。尽管自己的日子过得紧巴，他还能实心实意地对别人进行心理疏通，比如那首著名的《别董大》。这首诗中的主角在当时是著名的七弦琴演奏家董庭兰。只可惜那会儿胡乐盛行，没人懂或者愿意听七弦琴。他的技艺虽然高超，但无人赏识，不得不离开京城。

他离开的那一天，还是个相当糟糕的天气。高适写了《别董大》赠别好友：

千里黄云白日曛，北风吹雁雪纷纷。

莫愁前路无知己，天下谁人不识君。

诗的三四句不仅让在场的人为之一振，更成了流传千古的名句。不知道董庭兰是否从这句诗中得到莫大的鼓励。之后，董庭兰刻苦钻研筚篥，终于再度翻红。

而那时的高适，真实的境况与董庭兰也无甚区别。他虽有一颗豪拓的心，却没有一个能打得起酒的钱袋。"丈夫贫贱应未足，今日相逢无酒钱"，读来令人心酸。

但高适是一个喜欢交朋友的人。虽说世情都是"富在深山有远亲"，但"贫在闹市"的高适，依然有不少知心好友。在这几年的历程中，高适的仕途依旧不顺，却有着丰富而多彩的人生收获：与王昌龄和王之涣知己相交，与王维结识。当然，最为后世称道的，就是与李白和杜甫的交情。

彼时的李白，是名满天下的诗仙；杜甫在他身后亦步亦趋，深为李白的才情所折服，是个不折不扣的小迷弟。但三人相遇之后，却出人意料地情投意合。在公元745年的那个夏天，三人或把酒言欢、狂歌纵马，或切磋诗文、畅谈理想，开心得忘乎所以。

有一天，三人相约来到当地的梁园游玩。梁园是汉代梁孝王修建的一所皇家园林。因为梁孝王本就喜欢招揽文人谋士，许多当地的文学大家比如司马相如等人，就时时应约而来，成为梁园宾客，以至于这里也成了名闻天下的风雅之地。

那一日，李白三人携酒而来。在这里，他们怀古谈今，三人虽经历迥异，但对未来的人生都有一份未知的茫然。

梁园一聚，是三个好友短暂相聚的终结点。尽管，在那之后，李白结下了他第四段——也是最后一段姻缘，并在此盘桓了十年之久。但杜甫和高适却不得不为生活继续奔波。他们并不知道，在不久的未来，大唐将遭遇一场前所未有的浩劫巨难，而他们三人的命运，也从此进入不同的道路。

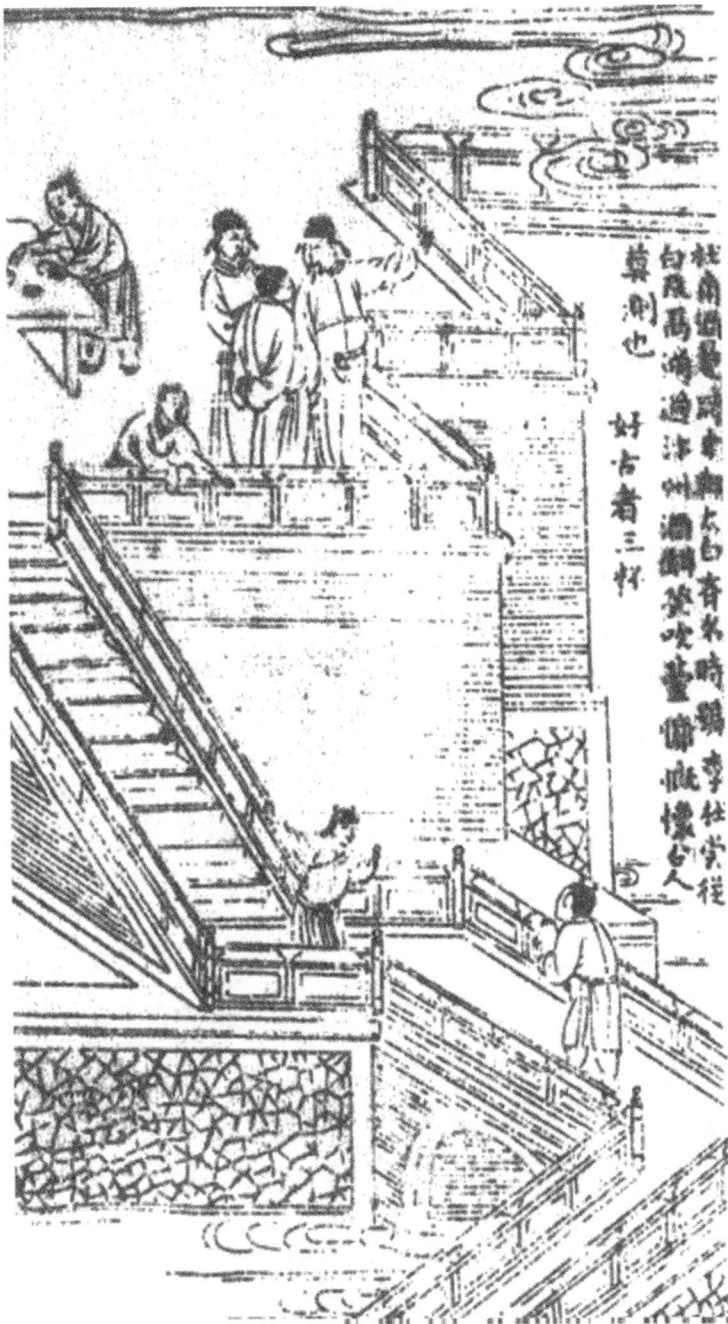

高适过汴洲，与李白、杜甫等酒酣登吹台图

在与李白告别后，高适与杜甫再次来到长安。在这里，高适还结识了从边塞返回的诗人岑参，几人还相约登大雁塔观光赏景，并留下了诗作。

乱世中的转机

这个秋日，本该是悠闲愉悦的，但美景却也没法让他们真正开怀。岑参是因为高仙芝的部队打了败仗，不得不返回京城述职，即使强作欢颜也能让人看到一脸愁容。而高适，年近五旬，依然两手空空，前途未卜。几经琢磨，高适决定，再次远走边塞。这一次，他不再去北方，而是西行。高适选择西行的最重要原因，是那里有一位著名的唐朝名将——河西节度使哥舒翰。

哥舒翰是唐玄宗时期名将，多次大败吐蕃，战功赫赫，有"大唐第一战神"之称。在最后一次败于安禄山的战役之前，他一直是名副其实的常胜将军。

在高适的计划里，在这样一位功名显赫的将军身边，即使做个不起眼的幕僚书记，也是莫大的机缘了。但是，人生的变化就是这样让人捉摸不定。他递上了名衔，在大帐外忐忑不安地等待着将军召唤的时候，却惊讶地发现，一身戎装的哥舒翰，正走出大帐，并笑容满面地亲自携手相迎。

这突如其来的幸福，让高适有点发晕。当然，他在后来也终于明白，原来，哥舒翰将军也是他那首《燕歌行》最忠实的粉丝。长年驻扎在西北，哥舒翰也遇到过不少文人骚客，但没有一首诗，能像《燕歌行》那样深刻打动他的心。

年近五十岁的高适终于迎来了人生中的高光时刻。哥舒翰不但让他做了掌书记，还把他带往长安，在皇帝面前极力鼓吹他的才能。

公元 755 年，唐朝将领安禄山和史思明发动叛乱，并一路狂飙，直逼到潼关脚下。叛军实力强大，连著名的大将高仙芝和封常清都无法抵挡，他们在洛阳被叛军击败之后，只好退保潼关。狂怒的唐玄宗认为两人怯敌不战，一气之下把他们同时斩首。一夜之间，被誉为"双子星"的两员大将同时陨落，这几乎也预示了盛唐由此进入衰败。

恐惧加上盛怒，唐玄宗几乎失去了理智。他的第二道命令就是征召哥舒翰守关。

彼时的哥舒翰，因为常年好色贪酒，惹来一身病痛，早就瘫痪在床。但唐玄宗完全不管这些，有常胜将军之称的哥舒翰成了他的最后一根救命稻草。在唐玄宗的连连催促下，哥舒翰只能被人抬着带兵上阵。

本来，凭借着哥舒翰丰富的作战经验，守住潼关也不是没有可能，但唐玄宗一定要哥舒翰冒险出关。结局当然是悲剧的，这位曾在西北民歌中被热情赞颂的英雄，非常窝囊地成了安禄山的俘虏。

就在哥舒翰挥泪出关的那一刻，高适一直陪侍在他的左右。而他，也亲眼见证了主帅被俘、全军溃败的悲惨场面。侥幸逃生的高适做了一个非常关键的人生选择。他的选择是，跟随逃难的队伍一路来到成都，并面见唐玄宗，陈述自己所看见并了解的一切真相。

高适的这个举动，完全出自他慨然豁达的天性。哥舒翰曾以"国士"待他，他不得不以"国士"相报，不能让哥舒翰的一世英名因为一次失败就此烟消云散。

但高适没有想到的是，他的这一次义举也从此改变了他的命运。在成都，高适的力陈得到了唐玄宗的认可。最重要的是，他对国家未来的局势见解很符合当时的太子李亨的观点。于是，高适很快成了李亨——

也就是未来的唐肃宗身边的红人。

很快，当太子李亨自行登基，而唐玄宗不得不黯然退居二线的时候，高适也到了人生的巅峰时刻。他被唐肃宗委以淮南节度使。去平叛永王李璘的叛乱。之后，又受命参与讨伐安史叛军。短短几年时间，高适的命运发生了翻天覆地的变化。纵观唐代所有诗人，没有一个人能攀升到高适曾经抵达的高度。

安史之乱改变了很多大诗人的命运。李白因入永王李璘幕府，被流放夜郎；杜甫陷入长安，九死一生，最终见到了唐肃宗，得了一个左拾遗的官职；王维因入伪朝做官，一生留下了难以消解的心结；高适在这场判乱中，抓住了时机，意外实现了自己的人生抱负，实现了许多诗人终其一生无法实现的抱负。但他和李白的情谊，也因各自所处的阵营而产生微妙的变化，终究没有维持到最后。

五年后，高适再度被皇帝召回京城，官职也随之晋升。封渤海县侯，食邑 700 户，终散骑常侍，世称"高常侍"。

杜甫：

苦难中的仁者

杜甫（712—770）

姓　名： 杜甫

字　号： 字子美，号少陵野老

别　称： 杜工部、杜少陵、杜拾遗、诗圣

荣　誉： 与李白并称"李杜"（又称"大李杜"），
其诗被公认为"诗史"

代表作： 《登高》《春望》"三吏""三别"（好诗太
多，称得上"读书破万卷，下笔如有神"）

画　像： 伟大的现实主义诗人、苦难中的仁者

也曾年少轻狂

公元 712 年，杜甫出生在河南巩县。爷爷杜审言是唐高宗时期的进士；父亲是当地的县令，正儿八经的父母官。作为一名出生于书香门第的官二代，杜甫自小生活优越，兼之聪明伶俐，七岁即能咏诗，"七龄思即壮，开口咏凤凰"。

年轻时的杜甫很喜欢到各地畅游，壮游齐鲁之时正是他人生中最意气风发的时候，轻衣裘马少年游。于是，在游泰山的时候，才会有那般壮怀激烈的"会当凌绝顶，一览众山小"。直到现在，每每人们游览登山，瞭望那一望无际的远方之时，脑海中最先涌现的诗句，也总是这一句。

年轻的时光总是让人愉快的，经济无压力，理想自然无限远大。但那时的杜甫与其他年轻人不同，他固然也希望建立功名，但更多的是满怀济世之愿。而这份情怀，足足追随了他一生。

第二次游历齐鲁，杜甫遇到了他心目中一直以来的大咖——李白。就仿佛现在的年轻人遇到偶像一般，杜甫欣喜不已。那个时候的李白，因为失意于大明宫，心情正是最低落的时候。但李白的个人魅力太强大了，即使心情不佳，在杜甫看来，依然是主角光环满满。两人很愉快地度过了彼此人生中为数不多的相处时光。

李白离开后便挥挥衣袖不带走一片云彩，杜甫却为之思念不已。冬日有冬日怀念的诗（寂寞书斋里，终朝独尔思），春天有春天怀念的诗（渭北春天树，江东日暮云。何时一樽酒，重与细论文）。这几句诗后来还催生了一个极美的词：春树暮云。漂泊的杜甫还为李白的流放处境担优。二人的交游也算是文坛上的一段佳话。

漂泊长安的困窘

但凡有才华的人，都不希望一辈子困居某地，眼见着大好年华一点点流逝。更何况杜甫是一个受过正统儒家教育的读书人，在他的理念中，求仕做官，不仅能养家糊口，还能济世为民，是一举两得的选择。

但唐代的诗人似乎总是走不出这样一个怪圈：即使声名远播，求官却无望。很长一段时间，杜甫一直留在长安，他满以为从此可以"立登要路津"，实现"致君尧舜上，再使风俗淳"的政治抱负。但他的希望落空了，留下的只是满满的伤心甚至屈辱。就如他在写给当时的尚书左丞韦济的一首诗中提到的，他对自己的才华非常有信心，说自己"读书破万卷，下笔如有神"，但面临的却是"朝扣富儿门，暮随肥马尘。残杯与冷炙，到处潜悲辛"。

出身不低，自己更是才华横溢，但为了博得一官半职，杜甫就这样从早到晚，出入于各大豪门寻求机会。如果他能口齿伶俐兼媚附于人，平步青云或许也不是难事，但杜甫对自己的评价太精准客观了，他说自己就是一个大写的不合时宜。在参加歌宴时写的诗句，都带着说不尽的悲凉："拂水低徊舞袖翻，缘云清切歌声上。却忆年年人醉时，只今未醉已先悲。"

三十九岁那一年，杜甫终于等到了人生中的第一次机会。这一年的正月，唐玄宗到太庙祭祀，杜甫献上了《封西岳赋》《雕赋》等三篇文章。唐玄宗很是喜欢，召见了他之后又安排了一场考试，杜甫表现不错，唐玄宗让他"待制集贤院"，说白了就是加入后备干部培训组。但让他没想到的是，这一等，就是四年！

但不管怎样，这个机会杜甫也不想错过。于是，他把妻儿都迁往长安。城里消费太高，那就住在离长安城十五里的下杜村。杜甫在长安的日子过得挺紧巴，不仅要种桑麻贴补家用，还在院里种了决明子和甘菊，当然不是为了赏花的雅趣，而是等成熟时可以作为药材来贩卖。

其实，如果没有出仕的打算，就这样在小院里消磨一生，杜甫的日子也不算太难过。难就难在，过着紧巴的日子，杜甫还要日日在豪家大族圈子里讨生活，这一眼看的是"朱门酒肉臭"，那一眼看的是"路有冻死骨"，怎不由得他感慨万千！

没有一个人，像杜甫这样，把关注和悲悯之心都投入到黎民苍生之中。

这一年的春天，哥舒翰出征吐蕃。战事一起，生灵涂炭，让本来日子就不好过的老百姓更是雪上加霜。就如杜甫在《兵车行》里所描述的："车辚辚，马萧萧，行人弓箭各在腰。耶娘妻子走相送，尘埃不见咸阳桥。牵衣顿足拦道哭，哭声直上干云霄。"

杜甫在长安时，正是大唐最繁盛的年代。但这繁盛的背后，却是深刻的危机。唐玄宗不理政务，专宠杨贵妃，朝政被杨国忠一手把持。公元745年的秋天，一场大雨下了六十多天，很多房屋倒塌，庄稼烂在地里，百姓流离失所，物价飞涨。据史书《通鉴》记载："自去岁水旱相继，关中大饥。上忧雨伤稼，国忠取禾之善者献之，曰：'雨虽多，不害稼也。'上以为然。"

这样的君臣，一个真能骗，一个也真能信，或者根本就是睡着不想醒，真是让人无语。杜甫写了很著名的《丽人行》，"三月三日天气新，长安水边多丽人。态浓意远淑且真，肌理细腻骨肉匀"。诗中的女主角就是当时炙手可热的杨氏姐妹，当时她们正在踏青赏景，顺便还来了个游园野餐会。整篇诗句中，并无激愤抨击之词，只是详细描述了这场野餐会的豪奢和盛大。但是联想到长安百姓正备受灾难流离之苦，而豪门贵族正恣意地享受着糜烂奢侈的生活，不能不让人感慨。

安史之乱的见证人

这年秋天的这场大雨，让杜甫一家也吃了不少苦头。因为米价飞涨，他只能把家人送至奉先县暂时寄居。

四十四岁那一年，杜甫终于盼到了授予他的官职——河西县尉。虽然家里已经青黄不接，但杜甫还是坚决拒绝了这个职务。最后，杜甫又被安排了一个看守兵器甲仗、管理门禁锁钥的小官职。

当年十一月，安禄山在范阳起兵。时局动荡，人心惶惶。杜甫惦记着被他送到奉先县的家人，一路奔波，去探望他们。谁想到，还没进门，就听到幼子被饿死的噩耗："入门闻号啕，幼子饥已卒。吾宁舍一哀，里巷亦呜咽。所愧为人父，无食致夭折。"

人间至哀，莫过于此啊！但从古至今，学者们对杜甫推崇的地方，并不是因为他的文字有多么优美，而是他博深的情怀。就如这首诗，明明诗人已哀痛至死，但他依然担忧着这乱世里天下更多普通人的痛苦："抚迹犹酸辛，平人固骚屑。默思失业徒，因念远戍卒。忧端齐终南，澒洞不可掇。"

接着安禄山势如破竹，一路攻至潼关。唐玄宗带杨贵妃仓皇出逃，中途因军队作乱，不得已将杨国忠和杨贵妃全部处死。接着，唐玄宗逃至蜀中。而他的儿子，太子李亨自行登基，是为唐肃宗。

忧心于国的杜甫一听到这个消息，先把家小都安置在亲戚家里，一路随着逃难队伍去投奔唐肃宗，想报效朝廷。这一路的艰辛自不必说，最惨的是，半路还被叛军抓住，押解回长安。也是在那个时候，杜甫写下了思念家人的幽怨："今夜鄜州月，闺中只独看。遥怜小儿女，未解忆长安。香雾云鬟湿，清辉玉臂寒。何时倚虚幌，双照泪痕干。"

一直到第二年，他才狼狈不堪地赶到唐肃宗的大本营——陕西凤翔。

当时唐肃宗正是求才若渴的时候，看到杜甫这般历尽辛苦赶来报效朝廷，"麻鞋见天子，衣袖露两肘"，非常感动，马上封了一个左拾遗的官职给他。而这，大约也是杜甫这一生做过的最大的官儿了。

只可惜，杜甫这一辈子，就是与官字无缘。左拾遗的官位才坐了不到几个月，他就因为替房琯说情，马上遭到新君冷遇。连当初披发跣足舍命而来的好感值，也一下子被刷光了。

说到这事，还真怨不得唐肃宗对杜甫有意见。当时，因为安禄山叛变，长安沦陷，时任宰相的房琯主动请缨，要求收复失地。可惜决心大能力小，这一战打败了不说，还损失了唐军的大部分兵力。这个时候为败军讲情，肯定是凶多吉少。但是，杜甫还是选择了为老朋友两肋插刀。如此一来，失宠的结局也是注定的了。

几个月后，杜甫就获得了一次省亲的机会。对于一年多没见到亲人的杜甫来说，这实在是一个好消息。但也从另外一方面看出，唐肃宗已经对他相当不待见了。潜台词就是，能走多远就走多远，别在我眼前晃了。

值得庆幸的是，尽管经历了恐怖的兵荒马乱，杜甫一家人都安然无恙。特别是看到他平安回来，妻儿又惊又喜，连邻居都凑过来看热闹："妻孥怪我在，惊定还拭泪。世乱遭飘荡，生还偶然遂。邻人满墙头，感叹亦歔欷。"

回来之后，杜甫写了那首六百多字的五言古诗《北征》，这首诗被认为是杜甫最具代表性的长诗之一，一直受到历代诗评家的极度推崇。看杜甫的诗，就像看一篇纪实文学。在这首诗里，他详细地介绍了自己从皇帝身边回家，这一路上惊心动魄的经历。因为战乱，目光所及之处"乾坤含疮痍，忧虞何时毕"。回到家之后，看到妻儿的狼狈，欣喜之余，悲从中来。"妻子衣百结。恸哭松声回，悲泉共幽咽。平生所娇儿，颜色白胜雪。见耶背面啼，垢腻脚不袜。床前两小女，补绽才过膝。"尽管自己的小家一片凋零，但杜甫还是心心念念朝廷，特别担心唐肃宗为了打败安禄山，还从回纥借兵，以后会不会有麻烦呢？真是操不完的心……

史料记载，公元759年的三月三日，郭子仪、李光弼、王思礼等九节度使率所部二十万大军围攻叛军安庆绪于邺城。然唐军大败，郭子仪退守河阳。为了挽救败局，官府到处征兵，所到之处，一片凄然。

而这一幕幕凄惨无奈的景象，就在杜甫的诗中如现场回放一样，被忠实地记录下来了。在《石壕吏》中，老妇哭诉："三男邺城戍。一男附书至，二男新战死。"但最后老妇还是被拉去给军营做饭。而《新婚别》中，刚刚成婚的夫妻也被迫分别，"君今往死地，沈痛迫中肠"。著名的"三吏""三别"大致都作于此时期。

这就是杜甫，乱世之中，他不只担忧着自己的命运，也时时记挂着在战火离乱中痛苦挣扎的天下人。

苦难中的仁者

因为无法养家糊口，杜甫选择弃官，然后带着一家子准备赶往秦州，投奔那里的亲戚。秦州就是今天的甘肃天水。在这里，虽然有侄子和朋友的帮忙，杜甫一家还是过得非常艰难。没办法，他又带着全家迁往同谷。

公元759年，是杜甫人生经历中最奔波的一年。因为同谷的日子也不好过，他就携带全家向南而行。几乎每到一处，他便留诗一首。闻一多先生根据他一首首的诗歌，拼凑出了他的远行路线图："以十二月一日就道，经木皮岭、白沙渡、飞仙阁……石柜阁、桔柏渡、剑门、鹿头山，岁终至成都，寓居浣花溪寺。"

从甘肃到巴蜀，这一路下来，对现代人来说也不容易，更何况一千多年前的交通状况要恶劣得多。杜甫带着妻儿，风餐露宿，辛苦可想而知。但不管怎样，温暖湿润的巴蜀之地，会是他们动荡生活中难得的一个栖息之地。

成都在唐时已经是繁华之地，很多诗人都有过游历巴蜀的经历。当然，对于杜甫来说，观光赏景不是最重要的，他首先得在这里把一家老小安置下来。幸而有老友比如严武、高适等等相助，闻名后世的杜甫草堂就这样搭建起来了。

在饱经背井离乡的苦楚、备尝战乱流离的艰虞之后，杜甫一家终于获得了一个暂时安居的栖身之所。在成都的那段时间，是杜甫这一生中难得的黄金岁月。

如果理解了他颠沛流离的经历，那么，读杜甫的这首诗，可能更让人倍感岁月静好的温柔。

清江一曲抱村流，长夏江村事事幽。
自来自去堂上燕，相亲相近水中鸥。
老妻画纸为棋局，稚子敲针作钓钩。
但有故人供禄米，微躯此外更何求。

终于不必再"手脚冻皲皮肉死"，也无须"岁拾橡栗随狙公，天寒日暮山谷里"。此刻"老妻画纸为棋局，稚子敲针作钓钩"，是多么难得的人生之幸。

转眼春天逝去，经过了炎热的夏季之后，蜀州迎来了萧瑟的深秋。而那一个晚上，狂风怒号，杜甫的草屋遭遇了前所未有的危机。房上的茅草被风刮走了，又赶上一夜大雨如注。一次普遍的经历，又催生了那首伟大的诗《茅屋为秋风所破歌》，诗中这样说：

> 布衾多年冷似铁，娇儿恶卧踏里裂。床头屋漏无干处，雨脚如麻未断绝。自经丧乱少睡眠，长夜沾湿何由彻！安得广厦千万间，大庇天下寒士俱欢颜。

觉是没法睡了，杜甫不能不悲上心来。但他的悲却不只是自己的悲，而是广大"天下寒士"的悲。以己之苦，知人之苦。杜甫的这份心胸，是很多诗人都难以企及的。

只是命运对诗人从来都太苛刻。或者说，乱世之中，又怎么可能有个人的幸福和安然？三年后，杜甫的两位好友高适和严武先后离世。他们不仅是杜甫的至交，也曾在生活上给予了他们一家莫大的帮助。最要命的是，没过多久，回纥、吐蕃入犯陇右关内一带，大量人民逃难入蜀。官兵们借机横征暴敛，蜀中也不再是净土。无奈之余，杜甫一家只能再次踏上漂泊之路。

赶往潇湘的路大部分都在水上。那是一个繁星点点的夜晚，船舱里的家人都入睡了，只有杜甫说什么也睡不着，他在细数着一个个已经永别的好友：761 年，王维卒；762 年，李白卒；763 年，房琯卒；然后他又失去了高适和严武。在这飘摇的人生中，他就像一叶孤舟，不知流落何方。而这首《旅夜书怀》也被认为是他诗中最著名的一首。

细草微风岸，危樯独夜舟。星垂平野阔，月涌大江流。

名岂文章著，官应老病休。飘飘何所似？天地一沙鸥。

五十六岁那年，杜甫一家在夔州暂时安顿下来。买了些田地，还有果园，那一阵子，他忙着指挥农夫和奴仆伐木、修补栅栏、耕地、除草、灌溉，连写的诗文都是与耕作稼穑有关的。

那一年深秋，又到了重阳时节。这个清瘦的老人颤颤巍巍地爬上高岭，极目远眺，深秋的冷风浸透了衣衫。但他依然努力地望向远方，在比远方更远的地方，有他太多年没有见过的弟弟和妹妹，还有他心心念念的长安。他写下了著名的律诗《登高》：

风急天高猿啸哀，渚清沙白鸟飞回。

无边落木萧萧下，不尽长江滚滚来。

万里悲秋常作客，百年多病独登台。

艰难苦恨繁霜鬓，潦倒新停浊酒杯。

公元 768 年，五十七岁的杜甫又开始张罗着搬家了。事实上，在他的生命里，夔州的这处房产和田地是一处不错的安身之地。但是，还是留不住他恓惶的心。他在焦虑什么？说简单也不简单。首先是心心念念的朝廷，他不甘心没有为苍生尽最后一份力就魂归异处。其次，他太想念家乡了，那就是千里之外的河南洛阳。

船儿悠然，沿着湘江一路漂流，从深秋到冬季。杜甫多数时间都倚在船舱边，眼望着清缓的碧波荡漾，他想起了很多人，很多在他生命中重要的、思念的人。比如李白，他已经知道那位谪仙早就魂归异处了。还有曾关心帮助过他的老友高适，他们相识于微贱，却多年保持联系不断。就在高适临死前的那一年，还曾写诗给他，感慨世间之无常。他甚至想起了李龟年，他不是他的朋友，却是多年前的故人，回想当年，在岐王府中，他们曾无数次擦肩而过，有时会有微微的点头之仪。多年之后，在千里之外的潭州，他们居然意外地相逢了。想当年，那个英俊而多才的乐人是多么受权贵的宠爱，如今贫穷落魄，漂泊一方。相识红颜时，如今满鬓苍。只能轻叹一句："正是江南好风景，落花时节又逢君。"

　　公元 770 年冬，杜甫卒于湘江的一条小船之上。他死后，妻子杨氏将他安葬在岳州，独自带着儿子回到老家洛阳。

张继：

到底是谁成就了谁

张继（ 生卒年不详 ）

姓　名： 张继

字　号： 字懿孙

代表作： 《枫桥夜泊》

荣　誉： 一首诗成就了一座城

一次邂逅，成就一个传奇

提起《枫桥夜泊》，几乎无人不知。这首诗不但入选了我们国家的小学语文教材，还入选了亚洲其他一些国家的小学教科书。比如日本，不仅在课本里选了这首诗，人还在自己的国家建了一座寒山寺，并在寺旁的石碑上刻上了这首诗。

这首诗的作者是张继，史书上关于他的记载很少。大约可知他是湖北襄阳人，生卒年不详。如果不是这首《枫桥夜泊》，他很可能就淹没在历史的洪流中了。

据说张继是天宝年间的进士——时间大概是天宝十二年（公元753年）。但唐朝中进士后不一定马上能做官，还得经过考核选拔，才能安排官职。除高级官员由皇帝任命外，六品以下的文官都需要听候铨选。张继在这次铨选中被淘汰了，虽然中了进士，依旧是一个待业的"北漂"。

在长安漂泊了几年，依然一点门道也没有找到。也许这与他不屑于攀附权贵的个性有关。正如他在《感怀》中说的："调与时人背，心将静者论。终年帝城里，不识五侯门。"一个与世俗格格不入的人，在帝城里，连达官贵人的门开在哪里都找不着，又怎么能得人垂青，找到机会呢？

恰在此时，安史之乱爆发，叛军占领了洛阳，又直逼长安。皇帝和他的后妃，仓皇逃离。此时的张继，只好选择逃往相对比较安定的江浙一带。也正是这个机缘，让他与枫桥有了一次美丽的邂逅。

不知道具体是哪一年，只知道是在一个悲凉的秋夜，无眠的张继来到枫桥下，看着江边闪烁的渔火，听着寒山寺传来的钟声，想着自己失意的人生和凋敝的世相，万千感慨，悲欣交集，一首《枫桥夜泊》自胸中涌出：

> 月落乌啼霜满天，江枫渔火对愁眠。
> 姑苏城外寒山寺，夜半钟声到客船。

这首诗的意思是：夜深了，月亮即将落山，在满天的霜花中，被惊醒的乌鸦在啼叫。船儿系在江畔的老枫树上，一盏渔灯如豆，带着无穷愁思的旅客啊，怎么能够入眠。你听！苏州城外寒山寺的钟声，在这夜半的时分遥遥地传入了客船中。

《枫桥夜泊》诗中所写的寒山寺，位于今苏州城西郊十里处的枫桥镇。寒山寺始建于南北朝，唐代时高僧寒山和拾得曾主持此寺，因此得名为寒山寺。他们又都是唐代的诗人，道行高深。传说唐代官员闾丘胤上任时，曾问高僧丰干，他做官的地方有什么贤人可以为师。丰干说寒山是文殊菩萨转世，拾得是普贤菩萨的化身。闾丘胤上任三天后，亲自去找二人，行大礼求教。两位和尚大笑说："丰干这人多嘴多舌，自己不认识有道德的人，给我们行礼有什么用。"说完走到山边，寒山走入山洞后，洞自己闭合了。

《枫桥夜泊》诗的最后一句"夜半钟声到客船"，宋代著名文学家欧阳修曾认为与事实不符，因为寺院一般是晨钟暮鼓。其实寺院半夜敲钟，在唐代是常事，有大量的唐诗可以为证。宋代人陈正敏在过苏州时，住在一个寺庙中，夜半听见敲钟。陈正敏问寺里和尚，和尚说："这是分夜钟，有何奇怪。"由此可知，寺院夜半敲钟在唐代和宋代都不足为怪。

枫桥本名封桥，它和寒山寺过去并不出名，就因为张继的杰作《枫桥夜泊》，才使封桥改称枫桥，并与寒山寺一起名闻天下。

命殒洪州

当时，一首《枫桥夜泊》并没有让张继一夜成名。那时候的传播可不像现在这样便捷，一个不小心就一夜爆红。

这首诗最早被人发掘，是唐朝一个叫高仲武的人。他编选了一部《中兴间气集》，这个选本眼光独到，影响不小，而其中正好选了张继的这首《枫桥夜泊》。再后来，这首诗的接受度越来越高，影响也越来越大。但这一切都与张继无关了，此时他已去世多年。

他只能在失意的人生之途上，一步步前行，寻找着可能"翻身"的机会。

安史之乱后民生多艰，时世衰颓，很多人的生活节奏都被打乱了。但也有人在这样的乱局中抓住了机遇，成功实现了自己的人生抱负，比如我们前面说过的诗人高适。而张继，也在这时遇到了他人生中的贵人——刘晏。这个刘晏就是《三字经》中提到的"唐刘晏，方七岁。举神童，作正字"的刘晏。刘晏通经济，历任吏部尚书，管领度支、铸钱、盐铁等事关国计民生的重要事宜。安史之乱后，需要整顿民生、恢复经济，朝中正是用人之际。也不知是怎样的因缘，张继被刘晏赏识，参与其中。

大概在唐代宗宝应年间，张继被任命为盐铁判官，分掌财赋于洪州。只可惜，他任此职仅一年多就去世了。

张继死后，从朋友为他写的悼念诗句"世难愁归路，家贫缓葬期"中可以知道，他的晚年依然落魄不堪，甚至连下葬的钱都没有。

一个不知道与世周旋的寒士，一个尝尽了漂泊流离之苦的落拓文人，至死也未改其本性。

　　不知道寒山寺的那一记钟声，是不是给当时的张继带来了一丝丝安慰与宁静？

韦应物：

从浪荡贵公子到简淡寻常人

韦应物（生卒年不详）

姓　名：韦应物

字　号：字义博

别　名：韦苏州、韦左司、韦江州

荣　誉：与柳宗元并称"韦柳"

代表作：《滁州西涧》

画　像：从浪荡公子到简淡常人，恬静淡泊

飞扬跋扈的浪荡子

韦应物，生卒年皆有争议，经历过安史之乱，见证过大唐由盛而衰的历史。

他出身京兆韦氏，那是长安的世家大族。曾祖父曾做过武则天的宰相。当年长安城曾有"城南韦杜，去天尺五"的说法，意思是城南的韦氏和杜氏两大家族，离皇帝很近。十五岁时，他被选中做了皇帝的近身侍卫。当时的侍卫大多从六品以下的官家子弟中选拔充任。虽不知他的家境到底如何，但门第一定是清高的。

年轻的韦应物，是很享受这份职业的，这点从他后来写的带有自叙性质的诗中可以看到。在《温泉行》中，他写了扈从皇帝和杨贵妃到华清池沐浴的情形。在《逢杨开府》一诗中，他毫不讳言自己飞扬跋扈的恶行。诗中说他年轻时横行乡里，在家中窝藏杀人犯。白日里游手好闲，和一群恶少寻欢作乐，晚上则潜入相邻的百姓家欺人妻女，活脱脱一个地痞。

只可惜，这样的日子随着安史之乱的爆发，一去不复返了。"武皇升仙去，憔悴被人欺"，保护他的主子升天了，昔日作恶多端的浪荡恶少，当然也不会受人待见，被人欺辱。安史之乱中，一些王公贵族的子弟朝不保夕、处境堪怜，这点杜甫的诗中早已有记述。像韦应物这样的人，当然也好不到哪里去。

天上人间的巨变，有时会击垮一个人，有时会改变一个人。比如南唐后主李煜，从南唐之君到阶下之囚，反而促使他写出了流传千古的词，成为词中之帝。这场巨变，也让昔日浪荡的韦应物意识到，要在这个乱世中生存下去，必须依靠自己，所以得有点可供傍身的本领才行。

他的人生按下了重启键

痛定思痛之后，他选择了大多数年轻人选择的科考之路。

他几乎改头换面了，以前那个飞扬跋扈、任侠使气的恶少，一下子变成了一个戒除欲望、简衣淡食的潜心读书人。焚香、扫地、读书，成了他生活的主旋律。这样的转变，的确需要很大的勇气。一般历经过生活巨变的人，也更能明白盛衰无常的道理，更能从本质上看透人世的无常。

只是改行读书，这件事太晚了。他只好抓起笔来学作诗。作诗有了些成就，居然被两府收留，选拔去任文官。但他的才干毕竟不够，京城中不能容留他，就把他派去做安抚孤儿的地方官。就这样，他从武职转为文职。

韦应物转为文官后，历任洛阳丞、京兆府功曹、鄂县令、栎阳令、比部员外郎、滁州刺史、江州刺史、苏州刺史。丞与功曹，都是辅佐官，不是长官。县令和刺史，才有抚育百姓的职责。因他任苏州刺史的时间最长，前后近三十年的时间，所以人称"韦苏州"。

值得一提的是，在任父母官时，他勤于职守，爱惜民众，严惩不法之徒，想方设法为老百姓做实事。"身多疾病思田里，邑有流亡愧俸钱"，他常常反躬自省，怕自己所作所为对不起国家给的这份俸禄。因为懂得，所以慈悲。也许正是他自己从天上跌落到人间的巨变，让他深切体会到人世冷暖、世态炎凉，体会到这个世上没有谁永远高高在上，也没有谁永远被践踏。有了这种同情与体贴，他才能以一颗悲悯之心去对待普通的老百姓。

别具一格的清幽诗风

韦应物的诗大多写山水田园，诗风恬淡平静，甚至是清幽寂静。也许这是看透人世无常之后的大彻大悟吧。

他的诗中有很多"暮夜诗"。夜是静寂的，与白日喧闹很是不同。在夜里，没有公务劳心，没有尘世扰攘，他可以静下心来思考这个人世或是人生。安史之乱，大唐由盛而衰，他的人生际遇也由此发生了巨变，在夜里，他以一个旁观者的身份，静静地打量思索这一切。

《简卢陟》中有一句"我有一瓢酒，可以慰风尘"，现在很多人都在用，却不知道这句诗正出自韦应物之手。

他任滁州刺史时，写了很多好诗。比如这首《秋夜寄邱员外》：

怀君属秋夜，散步咏凉天。
空山松子落，幽人应未眠。

一个人在秋天凉夜里，一边散步，一边听着沉寂山林中松子落下的声音，幽居在山林中的你还没有睡吧？正如在秋夜里徘徊无眠的我。

这首诗看起来很有几分禅意，也有几分王维的风格，也难怪后代很多诗评家说他的诗像王维的。

当然，他最著名的诗当是这首《滁州西涧》：

独怜幽草涧边生，上有黄鹂深树鸣。

春潮带雨晚来急，野渡无人舟自横。

山涧一株小草在幽静地默默生长，黄鹂鸟在涧边的树林中鸣叫。春天的潮水带着傍晚的风雨使水流变得湍急，野外的渡口已经没有渡客，只有小船独自横卧在河流中。

这首诗就像一组慢镜头，一组组意象映入眼帘，一切都是幽静的、超然的。那一两声黄鹂的鸣叫虽暂时打破了宁静，带来的却是更加持久深沉的静。

而诗人，就是目睹着这一切、感受着这一切的一个冷眼旁观者。

这首诗，很有点像看破世事、归于平淡的韦应物的人生写照。

韩愈：

唐代散文大家

韩愈（768—824）

姓　名： 韩愈

字　号： 字退之

别　名： 韩昌黎、昌黎先生、韩文公

荣　誉： "唐宋八大家"之一、与柳宗元并称"韩柳"，古文运动倡导者

代表作： 《早春呈水部张十八员外》《师说》《进学解》《送孟东野序》等

画　像： 文坛领袖、软文高手、火力全开

"倒霉" 的青年时光

公元 768 年，韩愈出生于河阳，也就是今天的河南孟县。和其他同行诗人一样，韩愈的父辈，祖上都是读书人，也做过不小的官。但韩愈从小父母离世，只能由大哥韩会抚养成人。十二岁时大哥被贬死于任上，长嫂承担了抚养他成长的责任。不管世道怎么艰难，她都不允许韩愈停止学业。

到了十九岁，韩愈就急不可耐地到长安参加科考，这也是寒门学子摆脱贫困的唯一出路。但很遗憾，一连三次，他都没成功。

韩愈身无分文、衣衫褴褛地踯躅在长安街头的时候，遇到了命里的第一位贵人——唐代的名将马燧。其实，当时马燧也正是仕途中最狼狈的时候，他因为轻信和吐蕃的结盟，结果遭遇突袭，损兵折将不说，还使得很多官员被俘。韩愈本欲投靠的亲戚就是在那次结盟"事故"中不幸殉国的。

或许是出于对老部下的内疚吧，马燧收留了韩愈。接下来，韩愈第四次参加科考，总算是进士及第。但按照唐时的规定，这只是让他有了入仕的资格，能不能真正入仕，还得通过吏部考试！

韩愈一直认为，考试对自己来说不算什么，但贫穷却是火烧眉毛的难题。为了早点摆脱贫困状态，他几次给宰相上书，希望得到青睐，但没有任何回音。

公元 793 年，韩愈怀着一颗凄凉的心回到老家河阳。人到中年一事无成，长嫂在这时去世，韩愈将所有的心酸都写在了那篇《祭郑夫人文》中。

在此后的十年里，韩愈不管是努力考试，还是钻营门路，都一事无成。百般无奈之下，只能做了幕僚维持生计。

又过了几年，他第四次参加吏部考试，总算顺利通过，一脚迈进了仕途的大门。

韩愈入仕后，第一份工作是官阶七品的四门博士，主职还是教育。这段时间，他写下了著名的《师说》。

"弟子不必不如师，师不必贤于弟子，闻道有先后，术业有专攻。"这样的教育理念和孔子的师德观一脉相承。在《论语》中，经常出现师生平等研讨学问的场景，有时候，师生之间还相互争论，甚至学生严厉地批评老师，而孔子也能接受学生的批评：这些都说明了孔子平等的师生观。

这种观念即使穿越千年，依然被世人认可。由此可见，韩愈的思想在当年相当前卫和新潮。也正因为如此，韩愈的门下迅速聚集了不少求学之人，他就好比现在的网红大学教授，总是能特别吸引学生的注意。这也为他后来所倡导的古文运动打下了基础。至少在他倡议某种建议的时候，有人可以给他点赞。

复兴古文

除了当老师出名之外，韩愈连带着做了一件文艺界的重大革新，那就是复兴古文。

为什么要复兴古文呢？在当时的唐朝，最流行的文体是四六对仗的骈体文。比如王勃的《滕王阁序》，就是一篇著名的骈体文。骈体文的特点就是词句华丽、对仗工整，但内容比较空泛，六朝以来流行不衰。

当然，也不是说所有的骈体文不好，但当时的现实是，大多数骈体文形式僵化，内容空虚。而且如果作文章，一定要以四字或六字为限，也极大地禁锢了作者的思维和想象。所以韩愈倡议，诗词歌赋，应该遵循古文的写法，心之所至，笔之所留。这次文体改革的口号是"文以载道"，倡导上继三代两汉的质朴自由、以散行单句为主的散文；与六朝以来流行的"今文"，即词句华丽的骈文相对立。所以，这一倡导也被后人称作"古文运动"。

韩愈的这一主张，和多年以前王勃等初唐四杰提出的改变辞藻华丽、绮错婉媚的"上官体"诗歌颇为相似。只是一个针对散文，另一个是针对诗歌。但不管怎样，他们的宗旨都是一致的，那就是还文字清新质朴的本色。

不管什么方面的革新，肯定会有支持者和反对者。这一次韩愈的倡议，除了有他的学生不断点赞加入之外，还得到了另一位文坛大家柳宗元的支持。

当韩愈因为《师说》的新潮观点备受争议的时候，远在永州的柳宗元就与他遥相呼应，在一篇《答韦中立论师道书》中，就直言了对他的赞赏。

而且，在韩愈倡导古文运动之后，柳宗元也发表了一系列古文体散文作为应和，像著名的《捕蛇者说》《小石潭记》等等。这些散文不但在当时属上乘之作，流传至今，依然是古代散文中的精品。

惹怒皇帝的雄文

韩愈这一生，一直波折不断。但相比他那两位好友，还不算太糟糕。

比如第一次贬谪，当他还在遥远的连州伤心落泪的时候，他在长安的那些才俊旧友，正摩拳擦掌，大搞"永贞革新"。结果不用说，一年多后，当韩愈被赦回乡的时候，曾经参与永贞革新的官员死的死贬的贬。倔强如刘禹锡等，更是把人生最好的年华都付给了荒蛮之地的春花秋月。如此看来，他是"幸运"地与这场劫难擦肩而过。

但是，谁也没想到，回京之后不久的韩愈，很快又做了一件彻底激怒了皇帝的大事。

陕西省宝鸡市的法门寺有一座佛塔，塔内藏释迦牟尼指骨一节，称为舍利，该寺每三十年开一次塔，把舍利取出，供信众瞻仰参观。公元819年正值开塔之年，唐宪宗遣宫人迎佛骨到宫内，供养三日。上行下效，皇帝的这次举动在全国引发一场浩大而狂热的礼佛风潮。

当时的韩愈，由于诗文誉满天下，再加上倡导古文运动，维护儒家正统学说，俨然已是文坛领袖。作为一名正统的儒家士子，他对皇帝狂热崇佛的做法很不以为然，于是上表加以谏阻，这就是那篇相当有名的《谏迎佛骨表》。

在文中，韩愈力陈了从皇宫到民间因为崇信佛教而做出的种种极端举动："焚顶烧指，百十为群，解衣散钱，自朝至暮，转相仿效，惟恐后时，老少奔波，弃其业次。"他认为，"佛本夷狄之人……不知君臣之义，父子之情"；如今，佛已死，"枯朽之骨，凶秽之余，岂宜令入宫禁"；应该将这骨头"投诸水火，永绝根本，断天下之疑，绝后世之惑"。

其实，惹怒唐宪宗的还不只是这些。在文中还有一段文字，几乎要把皇帝气到吐血，他列举前代信佛的王朝的命运，只为了证明：信佛没用；不仅没用，还容易短命；不仅短命，有的死相还很难看。

结果，皇帝不但没有醒悟，反而让他死相很难看。按照天子的意思，应该直接把韩愈处死，越快越好！但当时的朝内还是有明白人的，大臣裴度、崔群说韩愈"内怀至忠"，应该宽恕。

含着一口恶气的唐宪宗最后愤然决定：我不想再看到你了，你走吧，越远越好。最终，韩愈被贬到八千里外的海边小城潮州当刺史。

韩愈被强行带走时正是严冬，他的女儿就是在这一次贬谪中不幸染病去世的。

当韩愈走到陕西蓝田的时候，他的侄孙韩湘前来送别。患难之中不离不弃，这才是真正的亲人。韩愈一边感动得老泪纵横，一边痛不欲生地写下了那首著名的《左迁至蓝关示侄孙湘》：

一封朝奏九重天，夕贬潮州路八千。

欲为圣明除弊事，肯将衰朽惜残年。

云横秦岭家何在？雪拥蓝关马不前。

知汝远来应有意，好收吾骨瘴江边。

从这首诗中不难看出，韩愈是又恐惧疲累又心灰意冷，他觉得自己可能就要葬身于潮州了，所以在诗中也不乏交代后事的意思。

但后来的事实证明，这一关，他又闯过去了。

潮州位于广东、福建交界之处。对于关中地区的唐朝都城而言，根本就是化外之地，韩愈被贬到潮州时，心中那份惶惑无力感可想而知。当然，哭也哭过了，怕也怕过了，剩下的，还是得打起精神好好处理公务。

韩愈到了潮州不久，就办了不少大快民心的好事，除积弊、兴学堂。韩愈在潮州的时间不长，但是，由于他闻名天下的师者之名，不管他到了哪里，都有学生趋之若鹜，这也使得时人眼中的"蛮夷之地"变成了文化名城。

潮州人对韩愈的感情非常深，当地到现在还有很多有关韩愈的传说。更有后人赞叹："不虚南谪八千里，赢得江山都姓韩。"

最后，韩愈还是被调回长安。主要是这个时候的皇帝又换了一茬，之前疯狂崇信佛教的唐宪宗，还真是被韩愈的短命预言不幸命中，他居然在宫里死于宦官之手。新皇帝和韩愈没有旧梗，所以，在接到韩愈数次寄来的《贺皇帝即位表》《贺赦表》《贺册皇太后表》等文章之后，很是感动，便把他调回长安。

晚年的韩愈，官越做越大，但性子却一直没有改变。据《唐书》记载，"愈性弘通，与人交，荣悴不易。少时与洛阳人孟郊、东郡人张籍友善。二人名位未振，愈不避寒暑，称荐于公卿间"。

公元 824 年，五十七岁的韩愈忽然病重，在弥留之际，家人痛哭不止，反倒还要他来安慰一屋子人：我一个亲属，生前精通医术，吃东西都要参考一下《本草纲目》，结果他才活了四十岁。你看我，百无禁忌，还活了 57 岁，可以啦！说罢溘然长逝。

韩愈去世后，朝廷追赠他为礼部尚书，谥号为"文"，世称韩文公。

孟郊：

一首《游子吟》打动了天下父母心

孟郊（751—814）

姓　名： 孟郊

字　号： 字东野

别　称： 诗囚

荣　誉： 与贾岛并称"郊寒岛瘦"

代表作： 《游子吟》《登科后》

画　像： 苦吟诗人

失意忘形、得意也忘形的三次科考

　　孟郊生于公元 751 年，正值安史之乱前夕，可谓生不逢时，此后的大唐开始走向衰落。他的父亲是名小小的县尉，家中清贫。十岁时父亲去世，生性孤僻的孟郊更是少与他人往来。后来，他隐居于河南嵩山一带，倒也不是一件令人奇怪的事。

　　孟郊直到四十一岁，才进京应进士试，但首次科考落第。落第后他写了一首诗，诗中说自己"情如刀剑伤"，说自己是一只大鹏却失了时势，眼睁睁看着那些小燕雀借了别人的翅膀去翱翔，可谓牢骚满腹。紧接着的第二次科考还是名落孙山，他又写诗道："一夕九起嗟，梦短不到家。两度长安陌，空将泪见花。"辗转难眠，对花流泪，伤心欲绝，又是一副失意忘形的样子。也难怪，年过不惑，两考不中，对一个家境贫寒的人来说，确实是巨大的打击。科考成功，简直是他改变自己困窘处境的最后一根救命稻草啊。

　　好在第三次科考，他终于进士及第，这一年是公元 796 年，他已经四十六岁。放榜之日，孟郊喜不自胜，写下了他生平第一首快意之诗《登科后》：

　　　　昔日龌龊不足夸，今朝放荡思无涯。
　　　　春风得意马蹄疾，一日看尽长安花。

　　诗的意思是，得知今日考中进士，往日所忍受的种种失意落拓、屈辱煎熬都不值一提了。今天，我要抛开一切烦恼，自由自在，尽情享受当下的开心时刻。我要在春风里洋洋得意地跨着俊马飞驰，将长安的似锦繁华一天看尽。看长安花，实际上是指游园会。每年张榜之后，新科进士们会在曲江举行游园会。开心是真开心，但得意之后如此忘形，毕竟也显得有些小家子气了。

这首诗节奏轻快，一气呵成，一改孟郊"思苦奇涩"的诗风，成为一首名诗。而且从这首诗中，一下子产生了"春风得意""走马观花"两个成语。也许连孟郊自己都没有想到，自己一辈子苦心作的诗反不如这首在特定环境下真情自然流露的文字。看来，写诗光靠技巧不行，真情实感才能动人呀。

仕途不顺、生活也不顺的苦情诗人

前面我们多次说过，考中进士，只意味着拿到了进入仕途的入场券，真正要授予官职，还得经过铨选。在等着铨选授官的这段日子里，孟郊东归洛阳，告慰母亲，随后开始了游历天下的漂泊生活。一直到 51 岁，他再次进京，被选为溧阳尉。

孟郊个性敏感而孤僻，他的朋友圈中，中进士之前，有茶圣陆羽和诗人韦应物；此后关系最好的就是韩愈了。他和韩愈是在他第一次进京考进士时结识的，韩愈的诗与唐朝的主流诗风不大一样，用语生新奇崛，这点倒和孟郊造语瘦硬相似，也许这正是二人惺惺相惜的原因之一吧。从后来韩愈对孟郊不惜揄扬夸赞的一些诗文来看，韩愈有着一般人不具备的古道热肠。

对这个小小的县尉之职，孟郊是不满意的。为了宽慰这个朋友，韩愈特意写了《送孟东野序》宽慰他，顺便对朝廷的用人也表达了不满和愤慨。这篇文章中提出了著名的"不平则鸣"的文学创作观，对后世的文学理论也产生了不小的影响。

孤芳自赏的孟郊入职之后，果真也没有做得多好。他喜欢溧阳城外不远处的一个地方，此地山林苍翠，流水环绕，可以一洗他孤苦而郁懑的内心。他几乎忘了自己的职责，常常在此地流连赋诗，政务早都抛到脑后去了。他的上级对他的举动十分不满，以废置公务为借口，干脆雇佣了一个人替他行使职权，代价就是分去孟郊一半的俸禄。他的生活贫困极了。

干了几年之后，他辞去了县尉一职，随后方辗转到了洛阳。生活眼见着有了一点起色，命运却再次露出狰狞之相，他的三个儿子一个接一个去世，白发人送黑发人的悲哀，他体验了一次又一次。而自幼待他极亲厚、对他寄予厚望的母亲也去世了，这对孟郊来说是一个不小的打击。

孟郊的诗，用苏东坡的话说，读他的诗就像吃小鱼，费半天劲吃不到几口肉；又像是吃螃蟹，吃半天净是些空壳子。人生苦短，为什么又作这样的寒虫哀鸣？

孟郊的格局是不大，至贫至寒的家境，加上日益衰微的国势，让他作些有格局有气度的诗，也是难为他了。但他的诗中写了兄弟情、父子情，尤其是母子情，都是很真诚的。这点也是其他诗人鲜有涉猎的。而孟郊能在诗史上留名，正因为他的那首写慈母深情的绝唱——《游子吟》。

慈母手中线，游子身上衣。

临行密密缝，意恐迟迟归。

谁言寸草心，报得三春晖！

远远地，他从长安走来。那是你吗？母亲，染白了的双鬓，伛偻着的腰身，昏花的眼神伴着跳跃着的油灯，一针针，一线线，在缝着一件御寒的冬衣……

一棵稚嫩的小草，如今刚刚抽出几星嫩芽，虽然这嫩芽努力朝向太阳生长，可是，我那幼弱的枝叶，哪里能够报答你光芒四射、如太阳普照的恩德呢？

你在青春里憧憬，在老迈中等待，在退缩中坚持，在孤寂中挺立，一针一线，一点一滴，就这样把一生的希望缝进了我的衣。

我们得到了，但我们不一定懂得；我们懂得了，但我们不一定来得及报答！

孟郊的诗真是说到了我们心坎里。仅凭这首小诗，我们就应该塑一尊铜像来纪念他。也许是《游子吟》太深入人心的缘故，清人贺裳把这首诗推为"全唐第一"。由一首表现母爱的诗来佩戴唐诗的桂冠，这简直就是天意！

也许是在年青时离家远游，也许是上京科考临行之际，也许是当上县尉之后准备回家接母亲，这首诗写于何时、写在怎样的情境之下，我们并不知道。唯一能知道的是，这样的离别，这样"临行密密缝，意恐迟迟归"的情形，在孟郊与母亲的一次次告别中，上演了一次又一次。经年累月的累积与酝酿，终于让这首情真意切而又朴素如家常话的诗横空出世。

这个苦情的诗人，一辈子用力作诗，让他名垂青史的却是这首最不用力、只用了心而自然流出来的小诗！

贾岛：

苦吟诗人

贾岛（ 779—843 ）

姓　名： 贾岛

字　号： 字阆仙，号碣石山人

别　名： 诗奴

荣　誉： 与孟郊并称"郊寒岛瘦"

代表作： 《寻隐者不遇》

画　像： 早年曾出家为僧，以"推敲"两字出名的苦
　　　　　吟诗人

不通时务的书呆子

贾岛是中唐诗人，字阆仙。他早年曾出家做和尚，法名无本。自幼喜欢写诗。

居于寺庙的贾岛，一直在用功读书，要说他心中完全没有科考的想法，恐怕也说不通。

大约在二三十岁时，他先后去过洛阳、长安。像大多数以诗干谒的士子一样，他以诗谒见张籍、韩愈，还结识了孟郊。韩愈对孟郊青眼有加，对贾岛也是极力揄扬。韩愈大贾岛二十余岁，他极力称赏贾岛别具一格、不入流俗的瘦硬之诗，还力劝他还俗应举。贾岛脱下袈裟，一面与张籍、孟郊等人同为韩愈门下诗友，一面准备应考。

不幸的是，他数次应试，都不得及第。最可恨的是，在公元 822 年的一次考试中，他因写"病蝉"诗讥刺权贵，口无遮拦，被驱出考场，贬斥的制书上说他"偏涩之才，无所采用"。

贾岛无门无路、朝中无人以致科考连连不中是真，但他不通时务的偏涩个性，也是导致他失败的原因之一。他自恃才高，自负而率直，认为那些参加科考的举子，没有谁比得上他。他常常一个人自言自语，旁若无人，口出狂言，有时还在闹市高吟，或在长街上长啸。种种怪异行径，自然不为时人所包容或理解。这点倒很像是魏晋的一些名士，只是此时是唐朝，而不是追求个性的魏晋。

说他是"偏涩之才，无所采用"自然是以世俗标准来衡量的。一个不通时务的书呆子，一个游离在主流或世俗标准之外的人，自然很难被接纳，也很难按世俗的标准走向成功。他这样的人，也许只适合待在寺庙里或书本中。

虽然没有考中进士，但他最后还是当上了官，至于是怎么样当上的，现在我们也不得而知。他做过长江主簿，所以又被称为"贾长江"。后来又任岳阳司仓参军，最后死于此任地。和孟郊一样，只做了一些不入流的小官。以他不通时务的个性来看，在官场上的日子自然也不好过，日子依然贫寒。

还有一个关于贾岛的故事。说他在长安法乾寺，有一天宣宗皇帝微服出行到此游玩，听到钟楼上有人吟诗，就登楼访问，还随手翻阅他写的诗。贾岛不认识来人，抢回正在被翻阅的诗卷，怒气冲冲地说："你吃得胖胖的，也懂诗吗？"皇帝一言未发，下楼去了。后来他得知此人是皇帝，心中惊惧，跪到宫门外请罪。幸而皇帝不与这样不通时务的书呆子计较，并没有怪罪他。

故事虽有杜撰之嫌，经不起推敲，但故事中这个书呆子的言行，却颇像贾岛的做派。要不，这样的故事怎么偏偏编派到贾岛身上呢？

苦心孤诣的"苦吟僧"

苏轼说孟郊和贾岛的诗风是"郊寒岛瘦"，二人因此被并称"郊岛"。贾岛和孟郊一样贫寒，在苦心孤诣地钻研诗艺方面，却有过之而无不及。他清淡、寒涩、怪僻的诗风，符合他的个性，也符合这个如寒虫般的日趋衰微的世道。

贾岛是真爱写诗。他曾在《戏赠友人》一诗中说自己每天非要写诗不可，"一日不作诗，心源如废井"。一天不写诗，他的心就像荒废了的井一般，空落落的。

有关贾岛苦吟作诗的故事有许多，最出名的大概有以下两个。

一个故事说他在长安时，每天寝食难安，苦吟不辍。有一天，他骑了驴子走在大街上，看见秋风吹扫落叶，落在长安街上，当即得了一句"落叶满长安"。正想以"秋风吹渭水"来对这个句子，高兴之余，京兆尹刘栖楚正被前呼后拥，迎面而来。贾岛呆若木鸡，不知避让，就这样因冲犯了京兆尹的队伍而被拘捕了一夜。

还有一个故事，说有一天他骑了驴子去拜访朋友，路上想到"鸟宿池边树，僧推月下门"一句，但第二句中，他不知是用"推"好还是用"敲"好。怔忡苦思之间，不小心撞上了京兆尹的队伍。这个京兆尹不是别人，正是韩愈。得知事情的原委后，韩愈不但没怪罪他，还和他一起切磋，并确定了"敲"比"推"好。这就是著名的"推敲"故事。

贾岛有《送无河上人》一诗，其中有一联是："独行潭底影，数息树边身。"贾岛自己对这二句很是满意，而且在诗旁注了一首绝句："两句三年得，一吟双泪流。知音如不赏，归卧故山秋。"为了这两句诗，他苦苦想了三年，吟起诗来，不觉泪流满面。这样一个诗囚，这样的苦吟僧，在历史上，恐怕只有诗鬼李贺可比。

贾岛的诗往往有句无篇，他自以为得意的句子，也的确是诗中唯一出彩的句子，从整首诗来看，倒也无什么精彩之处。他在写诗上用功很深，用力很勤，只可惜大不假年。千百年后，更让贾岛想不到的是：他苦心孤诣搜求的诗句，并没有真正成为世人公认的好诗，倒是他用力不那么深的诗，成了脍炙人口的佳作。

比如小孩子几乎都会背的这首《寻隐者不遇》：

松下问童子，言师采药去。

只在此山中，云深不知处。

全诗如话家常，写了一次偶然寻访隐者的经过。问了师父在不在、师父干什么去了、师父在哪里采药这样几个问题。但问题抛出去后，依然没有答复，就像那个神龙见首不见尾的隐者一样，让人浮想联翩，充满余味。

这样的经历，也许当过僧人的贾岛也曾亲历。一件普普通通的事，一入诗，便有了诗味。好诗，就是这样，不是寻的，不是作的，不是嚷出来的，是从心底里流出来的，是从生活中长出来的。

就像孟郊的好诗，也正源自他的真情实感一样。看来，古今诗理，说不同也相同。

《寻隐者不遇》诗意图

张志和：

我真的只想做个渔父

张志和（732—774）

姓　名： 张志和

字　号： 字子同，号玄真子

别　名： 张龟龄

代表作： 《渔歌子》

画　像： 得道高人、渔父

他是别人眼中的传奇

张志和，字子同，初名龟龄。出生于公元 732 年正月初一。据说很多非凡之人，出生时都有异象。张志和出生时，他的母亲梦见有神仙献灵龟，故取名龟龄。也有记载说他母亲梦见枫树生在肚子上（据说枫树下可以长灵芝，灵芝在古代称为"瑞草""长寿草"），后来生了这个儿子。总之，他的出生和别人不一样，而他的名字，和一般承载齐家治国美好愿望的名字也不一样，从字面意思上看，就是希望他能活得健康长寿。

他天资不凡，三岁能读书，六岁能写文章，过目成诵。他的父亲清真好道，并著书立说。也不知是家学渊源，还是天赋异秉，张志和在道术方面也有一技之长。据说，他十六岁入长安，成为太学生。弱冠之年，太学结业，以明经擢第，即相当于科考成功，有了入仕为官的资格。太子李亨还亲赐他一个名字：张志和，字子同。大约是在安史之乱中，张志和献计给李亨，即唐肃宗，取得了成功因此平步青云，官居三品。

唐朝皇帝大多好道，张志和因道术而入太学，此后更是得君王青眼，三十岁左右便到达了很多文人士子终其一生也不能达到的高度。单从仕宦经历来看，他已经是别人眼中的传奇了。

但传奇没完。没过多久，他不知何故被降官为南浦尉，史书中没有交代清楚。有人猜测，他是因安史之乱中献计皇帝与回纥联手剿灭叛军，但后面回纥野心渐长，张志和劝皇帝收回成命，惹怒了皇帝，因而被贬。事后，他又获得皇帝的恩准量移（量移，指官吏因罪远谪遇赦，酌情调迁近处任职）。但恰在这个时候，他的父亲去世了，张志和以居父丧为名，辞官回家，从此不再从政。自此后，他泛舟垂钓，漫游于三山五湖之间，自称烟波钓徒，还写了《玄真子》一书。

从庙堂红人到散淡闲人，转变非常迅捷，这样的人生经历，对走着寻常路的普通人来说，的确是一个传奇。

但他的传奇之处，还不止这些。

他能绘画，擅书法，和书圣颜真卿交往密切。颜真卿说他善画山水，能击鼓吹笛，能舞笔飞墨，瞬时而成。其意态令人联想起醉酒挥毫、下笔成诗的谪仙李太白。颜真卿还专门给张志和造了一条小船，让他尽情尽兴泛舟五湖，这样的交情，真的称得上"铁"了！

时人传说他卧雪不冷，入水不沉，俨然一个得道高人。他的死，也是一个传奇。据《续仙传》记载，张志和酒喝得沉醉之际，铺席在水面上。接着空中有鹤飞来，他挥手向颜真卿致谢道别，然后飞升而去。在世人的眼中，他就是像屈原一样自沉于水。但施蛰存先生认为，这是用了道家的水解方法上升成仙。他死时年仅四十余岁。

他是神童，是高官，是渔父，又是一个得道飞升的高人。

我只想做个渔父

张志和是别人眼中的传奇。但在他的内心里，也许他只想做个真正的渔父。

人世的繁华恩宠都不是长久的，翻手为云覆手为雨的巨变，他已亲历过。和别人不一样的是，有人即使栽了跟头，依然迷恋尘世的名利，一条道走到黑。但张志和看得破，也放得下。他毫无眷恋地转过身，放弃身后的繁华，只想做一个自由自在、无拘无束的烟波钓徒。

说起渔父，历史上最著名的渔父莫过于姜太公。但姜太公钓鱼，愿者上钩。他钓的是贤明的君主，是真正能识得他用心与高才的伯乐。宋元时期，很多文人在失意时也想做个渔父，当一个隐者，但他们身在江湖，心在庙堂，不能当真。就连"独钓寒江雪"的柳宗元，在钓鱼的时候，心中何尝不充满了失意与困惑？

张志和也许真的不一样，他真的就想做个渔父，所以他写的渔歌也分外动人。他写过五首《渔歌子》，其中的一首被选入教材，广为流传。

西塞山前白鹭飞，桃花流水鳜鱼肥。

青箬笠，绿蓑衣，斜风细雨不须归。

这首诗语言平易，色彩分明，有动有静，更重要的是有灵魂。一个在广阔的山水间自由无拘的渔父，他戴着斗笠，穿着蓑衣，哪怕是在斜风细雨中，也悠然自得，仿佛早已融入山水，成为它们的一部分。

我们说，真正的好诗从情感上来讲，一定是以诚、以真打动人。张志和将内心真挚的愿望与人生的经历融为一体，所以有了这样一首好诗。也正是因为他一心想做个渔父，惹急了他的哥哥张松龄。

据传张志和的哥哥张松龄因为担心弟弟长期隐居不回家，在越州专门给他建了房舍，房子都是按原生态的形式建的。他还专门写了一首诗追和弟弟的那首《渔歌子》，以劝其回心转意。诗中说：

乐是风波钓是闲，草堂松桧已胜攀。

太湖水，洞庭山，狂风浪起且须还。

诗中说"乐是风波钓是闲"，这些只能是一时爱好，可不能作为人生大事。张志和说"斜风细雨不须归",他便劝道"狂风浪起且须还",不能在外久留。很显然,哥哥的劝说并没有成功。张志和自从辞官,就一直漂隐江湖,再也没有回过朝堂。

这首词一出,颜真卿、陆鸿渐等一批文人墨客纷纷追和,共作了 25 首。张志和自己还将这 5 首《渔歌子》画成卷轴,但后来失传。据说唐宪宗十分仰慕张志和,差人四处寻访其诗与画不得,于是画了一幅张志和的像,还题了字,表达了他的遗憾。后来宰相李德裕刻意访觅,终于遂了皇帝的愿。

张志和这首诗初名《渔歌》,宋以后才改为《渔歌子》,成为词牌名。从某种意义上说,张志和是词祖。南唐李煜,花间词人欧阳炯、和凝、孙光宪都写过渔父词,由此可见它对后世的影响。

这首诗的影响甚至远播日本,日本的嵯峨天皇读后大为赞赏。它和张继的《枫桥夜泊》一起被选入了日本的教科书。

卢纶：

大历十才子中的翘楚

卢纶（739—799）

姓　名： 卢纶

字　号： 字允言

别　名： 卢户部

荣　誉： "大历十才子"之一

代表作： 《塞下曲》（其二、其三）

画　像： 善交友、高情商

低迷逼仄格局中的一抹异彩

提起卢纶，现在没有几个人知道。但在唐朝，他是名门望族范阳卢氏之后，只可惜，先辈们的荣光到他这一代已经衰微了。

提起"大历十才子"，不懂中国文学史的人，也没有多少人知道。但"大历十才子"在唐朝大历年间（大历是唐代宗年号，自公元766年至公元779年）风行一时，而卢纶堪称"大历十才子"中的翘楚。卢纶在这十人中年龄是最小的，成名也是最晚的，但诗歌创作成就却是最高的。

经历安史之乱后，从盛唐步入中唐的文人们看不到前途，再也唱不出高昂的歌了。他们不像李白那样充满浪漫理想，也不像杜甫一样以极大热情关注现实，他们云集在京城，寻找着仕进之路。但他们大多出身寒微，要想在仕途上有所作为就不得不依附权贵。于是他们一方面寄情山水、吟风弄月，以寻求心灵的平衡；一方面写些歌功颂德、酬赠饯送之作，以讨得权贵的欢心。他们是那个特定时代的产儿，也把握了那个时代的脉搏与节奏，成为那个时代中的佼佼者。

十才子的诗，流传后世的，大多是有句无篇。卢纶在他们当中，不但有完整的好诗流传，还有其他才子们不具备的异彩——军旅豪情，这无异于一片低迷逼仄中的异响。而他能在文学史上留名，也正得益于这一抹异彩。

他最著名的诗是《塞下曲四首》（又名《和张仆射塞下曲》），流传最广的两首是：

林暗草惊风，将军夜引弓。平明寻白羽，没在石棱中。

月黑雁飞高，单于夜遁逃。欲将轻骑逐，大雪满弓刀。

这两首诗是唐朝边塞诗中颇富戏剧性、故事性的诗，与大多数边塞诗相比，可谓独辟蹊径。两首诗都引而不发，充满张力，给读者留下无尽的想象空间。放在整个唐代的边塞诗中，也是毫不逊色的。

第一首诗通过一个戏剧性的情节，表现将军的勇武。它其实是将《史记·李将军列传》中的一段记叙改成了诗。原文是："广出猎，见草中石，以为虎而射之。中石没镞，视之石也。"司马迁的叙述简洁生动，但和卢纶的这首诗比起来，少了画面感和戏剧性。诗用"林暗草惊风"渲染了虎之欲出的紧张气氛，用"平明寻白羽，没在石棱中"这种逆转式的叙述增加了戏剧性。短短二十个字，犹如一幕惊心动魄的活剧，笔力之健，让人叹服。

第二首诗通过一个紧张的节点，为全诗蓄势留白，表现了将士的英武。诗以"月黑雁飞高"渲染匈奴主帅遁逃时的紧张气氛，起笔和第一首有相似之处。不同的是，接下来它没有交代追击的过程，更没有交代追击的结果，而是将笔墨放在将士正欲追击之时，雪光映射在他们的刀剑上、发出凛冽寒光这样一个引而不发的关键节点上。这种写法不仅是唐诗中，在中国古代诗歌史上，也是别具一格的。

高情商者经营的朋友圈

和许多人一样，卢纶也尝试走读书科考这一条路。他在天宝和大历年间多次应试，均以落第告终。"落羽羞言命，逢人强破颜"，他的心情很郁闷。"十上不可待，三年竟无成"，不知是命运捉弄，还是时不我与？

他一度跑到终南山去隐居，但他并没有因此沉沦。他有很高的情商，他懂得在这个世上，要找到一条生存之道，就要懂得经营。

他凭借着自己的诗才，在长安和一群际遇相似的年轻人，相互唱和、相互抬庄，引起了时人的关注，其中不乏一些权贵。他积极奔走权门，侍从陪宴，以诗才供奉其间。最终他得到宰相元载、王缙的赏识与推荐，并借此由诗坛步入仕途。上至公卿下至地方大员，很多人他都认识。

在诸位朋友的提携推荐下，未取得功名的卢纶还是当上了官，而且还不小。初为阌乡尉，后来为集贤学士、秘书省校书郎，最后竟然做到了监察御史。他从入仕的那一刻起，就注定了和元、王二相及周围的人物荣辱与共。

果然，随着元载得罪被赐死、王缙被贬，卢纶也受到了牵连而入狱。后虽得以昭雪，但给他的打击也很大，他知道这种仰人鼻息的生活太不安定、太可怕，心境也由此变得灰暗。随着安史之乱的爆发，不知在怎样的际遇之下，他入了咸宁王浑瑊的幕府，成为府中判官，而且一待就是十几年。这不得不让人感慨，能在一个幕府中干上十几年，可见他与幕主的关系非同一般，也经营得很好。这段经历，再次证实了他非同一般的情商。

在这段幕府生涯中，他写了很多游宴之作，也写了一些富有雄浑之气的诗歌。除《塞下曲》之外，他还写了一些气势充沛的长篇歌行。这些既得益于他在军幕生活中的切身体验，也得益于他的格局与个性。

在他的朋友圈里，不只是朝中权贵、地方大员，还有皇帝。据说卢纶在朝中为官时，德宗皇帝也欣赏他的诗，皇帝自己写了诗，还常常让卢纶和作。也是啊，德宗朝时，整个诗坛尽是一些吟风弄月、寄情山水、应酬唱和之作，能看到卢纶这种有点豪情的作品，确实能给审美疲劳的人一点清醒。有一天德宗皇帝想起了卢纶，听说他在幕府之中，想下诏让他入京。可惜，恰在此时，卢纶死了。能让皇帝惦记的人，你说他的情商高不高？

　　卢纶死后二十余年，在位的文宗皇帝也很爱读他的诗，问宰相李德裕，卢纶有多少诗作、有没有儿子。李德裕说："卢纶有四个儿子，都成了进士，在朝中任职。"文宗便派人去他家中寻访遗稿，得诗五百首。也正因如此，卢纶的诗才得以在后世流传。

刘禹锡：

绝不轻言放弃

刘禹锡（772—842）

姓　名： 刘禹锡

字　号： 字梦得

别　称： 刘宾客、诗豪

荣　誉： 与白居易并称"刘白"

代表作： 《浪淘沙》《竹枝词》《西塞山怀古》《乌衣巷》《陋室铭》

画　像： 人生不过如此，不如一笑而过

顺风顺水的青年时光

唐代的诗人，很少没有不想去做官的。而做了官的人，很少能保全一生、不被贬谪。被贬谪的人，就没有不因此而抑郁或愤愤不平的。一辈子就在希望、失望之后是绝望的圈子里打旋。只有一个人是例外。他虽然很不巧地踩到了前边两个坑，但是，却依然把自己的小日子过得滋滋润润，最后还得了个颐养天年的完美结局。

二十三年的贬谪生涯，而且是一波接着一波。如果第一波是天灾，那么第二波、第三波完全跟个人有点"轴"有很大关系。即使如此，这位老先生，却依旧乐呵呵地来回奔波，打定主意锻炼身体、保护自己。十年、二十年算个啥，谁笑到最后谁才是人生赢家！

这位大唐牛人，就是著名的"诗豪"刘禹锡。

公元772年，也就是杜甫去世的一年后，刘禹锡生于苏州嘉兴的嘉禾驿。他在《子刘子自传》中自言，他是汉代中山靖王刘胜之后（刘备也曾自言如此）。

不管是不是王族后代，刘禹锡的聪明却是毋庸置疑的。他九岁时就师从名僧皎然、灵澈学诗。这两位高僧是唐代非常著名的人物，不仅修行了得，作诗以及茶道都堪称一绝。特别是皎然，有人说他的茶道与后来被称为"茶圣"的陆羽不相伯仲。

刘禹锡的科考运不错，二十二岁时就登进士第，二十四岁被授太子校书。二十九岁那一年，他在淮南节度使杜佑幕府中任记室，为杜佑所器重，后来也是借杜佑的举荐入朝，一路官运亨通，年纪轻轻就做到了监察御史的位置。

刘禹锡所处的时代为安史之乱后期，虽然民间已无战乱，但朝廷并不安稳。在经历了安史之乱后，皇帝对国家的控制力愈发衰弱，地方军阀割据，朝堂大臣抱团，皇帝不得不搬出家奴宦官来对抗大臣。结果，这又造成了宦官专政，宦官势力甚至比外臣还大。唐顺宗即位后，他身边的东宫旧臣，就开始迫不及待地改革，其中最重要的就是要从宦官手中夺回兵权。

宦官们肯定不会坐以待毙，马上就联络了藩镇节度使开始反对这个集团。很可惜，这些改革派虽然笔下功夫了得，手上却一兵一卒都没有。最后的结果是，才当了不到两百天皇帝的唐顺宗被迫退位，新皇登基。闹得轰轰烈烈的"永贞革新"宣告失败，这个改革集团中的首要人物王伾被贬后病死，王叔文被贬后不久被赐死，另外包括刘禹锡和柳宗元在内的八人，被贬到边远州做司马，这就是历史上的"二王八司马"事件。

❧探底人生正式开启

从那之后，刘禹锡就开启了自己被一贬再贬的探底人生。当年九月，刘禹锡被贬连州刺史。一路顺风顺水的他，在三十四岁这一年却栽了个大跟头，即使强作欢颜，但在江陵遇到昔日好友韩愈时，还是不由自主地透露了对当下的惶恐忧思，以及对未来若有若无的希望。

但刘禹锡也没想到，让他遭遇迎头一棒的这次波折还不算是人生低谷的底部。他还没走到连州，又接到旨意，以他的被贬连州"不足偿责"为由，再贬为朗州（今湖南常德）司马。看起来地方没那么远了，但职位降了不少。

刘禹锡所任的朗州司马，是一个闲散的副职，正好可以让他悠游自在，游山玩水。

他最先游赏的，就是陶渊明笔下的桃花源。"晋太元中，武陵人捕鱼为业。缘溪行，忘路之远近。忽逢桃花林，夹岸数百步，中无杂树，芳草鲜美，落英缤纷。"文中所说的武陵，就在湖南常德，正是刘禹锡的所辖地。他兴致勃勃地写了长诗《游桃源一百韵》，叙述了这次游览的经历。

他还曾几次在洞庭湖泛舟游览，写了不少诗，特别是那首《望洞庭》，更是千百年来赞美洞庭湖难得的佳作。

> 湖光秋月两相和，潭面无风镜未磨。
> 遥望洞庭山水翠，白银盘里一青螺。

看山是山，看水还是水，相比一写诗就要借景暗寓自己身世坎坷的诗人来讲，刘禹锡的这份豁达相当难得。最重要的是，这位夫子特别能融入当地环境，用俗话讲，就是不把自己当外人。

在那个春光明媚的季节，北来的谪人刘禹锡在一家茶楼慢慢地品茶。之前，他的眉间还有深锁的忧愁，因为他刚刚收到来自长安的消息——宪宗诏：刘禹锡等八人，"纵逢恩赦，不在量移之限"。那个时候，他也第一次听到了王伾已病卒、王叔文被赐死的噩耗。

一般逢遇新皇登基，被贬谪的官员都有起复的希望。而唐宪宗显然是恨极了"永贞革新"的这些人，竟然下旨，即使有大赦的机会，也绝不会让他们享受福利。

难道，自己真的要在这偏远之地待上一辈子吗？在来茶楼之前，刘禹锡的心情十分糟糕。但他落座下来，随着清香的茶汁缓缓流过舌尖，心情竟莫名地好起来。放眼望去，窗外的景象更是让人心情愉悦。虽说这里是人们口中的边远之地，但街面上茶楼酒肆林立，渔鼓声声，酒令阵阵，这让久居尘网的刘禹锡感到了生活的闲适与美好。

那段时间，他的另外一首诗《秋词》也一不小心名垂千古。

自古逢秋悲寂寥，我言秋日胜春朝。
晴空一鹤排云上，便引诗情到碧霄。

看看这境界，贬谪之人最怕秋天，平时还好，一看到落木萧萧的景象，那本来还不错的心情也会跟着凄凉了几分。但刘禹锡却反其道行之：谁说秋天不好，秋高气爽啊，我这写诗的灵感都跟着往上涨啊！

还别说，他的心情一放松，朝廷那边也来消息了，把他召回了长安。

《秋日》诗意图

好容易回来了，写诗闯祸了

四十四岁那一年，刘禹锡兴致勃勃地和好友柳宗元等人奉诏回长安。但是，让人没想到的是，他二月到京城，三月就重新被流放到播州，就是今天的贵州遵义。

这是怎么回事呢？难不成千里迢迢把他召回来，就为了把他流放得再远一点？后人分析认为，这一次被流放，与刘禹锡自己大有关系，就因为他的那首《元和十年，自朗州承召至京，戏赠看花诸君子》。诗里是这么写的：

> 紫陌红尘拂面来，无人不道看花回。
> 玄都观里桃千树，尽是刘郎去后栽。

从表面来看，这是一首踏青赏花的作品。但朝廷里的大臣，个个都是人精，马上就品出了诗里的揶揄：桃树寓意现在的新贵，而赏花之人则是趋炎附势的一众。"尽是刘郎去后栽"一句满含嘲讽：你们现在这么嘚瑟，还不是因为我走了，才有了你们冒头的机会吗？

然后，就没有然后了。三月，刘禹锡复出为播州刺史，最后还是因为当时的宰相裴度讲情，才改为稍微近一点的连州，也就是现在的广东清远。

作为地方长官，他还来不及伤春悲秋，就投入到火热的基层建设中。

作为地方长官，刘禹锡做得也是相当合格。公元817年，连州出现"罕罹呕泄之患"，这时，刘禹锡又发挥了自己的医学天分，在好友柳宗元的帮助下，捣鼓出一个救治的方子。有了这一次大规模的临床经验，刘禹锡再接再厉，还写出了医书《传信方》二卷。这部医书不仅在连州流传开来，后来还传到日本、朝鲜等地。日本的《医心方》、朝鲜的《东医宝鉴》等都收录了《传信方》中的许多方剂。

早在长安之时，刘禹锡的好友王叔文就曾感慨：刘禹锡实为宰相之才。看来，这位短命的王叔文虽然运气不佳，但看人功夫一流。就刘禹锡的才华而言，他不管置身哪里，于当地人而言，他都是一位有才华又能做出政绩的难得好官。

后来，他又被派往夔州，也就是如今的重庆奉节。

到了夔州之后，他花了不少心思写了有关地方治理的《夔州论利害表》，文中引经据典，摆事实讲道理。但很可惜，碰上的是唐穆宗这种昏庸无能、不解风情的上司，再好的文章也石沉大海，没人搭理。

事实上，刘禹锡虽然没有成为一代名相，但他不管到哪里，都是那一方百姓的福气。这也是他不同于其他遭贬谪官员的地方。他自己也知道，自己的才华远大于被分配的工作，但他从不让自怨自艾的情绪影响到当下的工作。这不仅是对当地百姓负责，更是对自己度过的每一天负责。

四海齐名白与刘

公元826年，刘禹锡在又熬死了一位皇帝——唐穆宗，经历了最后一个被贬谪的工作地——安徽和州之后，终于应召回到洛阳。

二十三年，从遥远的巴山楚水又回到帝国的首都洛阳，这里虽然不如当年那般繁花似锦，却依然是大唐最引以为傲的都城。当年，他就是从这里一路南行，越行进越凄凉；走时是意气风发，归来是鬓发如霜。这一切，连他的老朋友白居易都甚为不平。

> 为我引杯添酒饮，与君把箸击盘歌。
> 诗称国手徒为尔，命压人头不奈何。
> 举眼风光长寂寞，满朝官职独蹉跎。
> 亦知合被才名折，二十三年折太多。

你如此大才，却运气不好。同辈的人都升迁了，只有你在荒凉的地方寂寞地虚度了年华，朝廷对你二十三年的流放也太严重了！

白居易和刘禹锡是多年的好友。刘禹锡现存的几百首诗歌中，有相当一部分都是和白居易的唱和之作。所以，这些推心置腹的话，也只有好朋友才能说得出来。

这些同情的话语，搁在一般人听来，可能早就忍不住热泪纵横了。但刘禹锡不是"一般人"，面对好友的关心，他表示感激；而对自己遭遇的不公，他也有非同一般的豁达。

> 巴山楚水凄凉地，二十三年弃置身。
> 怀旧空吟闻笛赋，到乡翻似烂柯人。
> 沉舟侧畔千帆过，病树前头万木春。
> 今日听君歌一曲，暂凭杯酒长精神。

没错，我是被流放了二十三年，如今重新回到都城，都有一种恍如隔世的感觉。但没关系，我是老了，如一艘沉船，一棵病树，但在我身畔，依旧会有数不尽的人才。今天听到您对我所做的这一曲歌，就借着这杯酒，让我重新打起精神吧。

这就是刘禹锡，被称为"诗豪"的他，的确有着平常人所难以拥有的豪气。他就像一个斗士，不管在什么地方，遭遇什么打击，都不曾颓丧放弃。最有意思的是，过了不久，他又写了一首当年曾闯过祸的"刘郎桃花诗"。十四年前，因为他的那句戏言"玄都观里桃千树，尽是刘郎去后栽"，惹恼了一众权贵，使得他刚刚回到都城，就不得不继续疲于奔命。很多人都认为，这十四年的贬谪生涯应该让刘禹锡没什么脾气了，至少，在自己曾经跌过跟头的地方，不会再大意了。可是这位老先生，偏偏不信这个邪，这一次的游玄都观诗，要说没有挑衅的成分，连读者都不信了。

百亩庭中半是苔，桃花净尽菜花开。

种桃道士归何处，前度刘郎今又来。

当初把他整倒的那一批权贵，可能早就不在了，就如观里的桃花"荡然无复一树"；自己虽然屡遭挫折，但还是开开心心地回来了。当初不就是一首桃花诗把我贬了十四年，我现在还是要说"桃花"，不服来战啊！

公元828年，五十六岁的刘禹锡正式结束了被贬谪的生涯，被封为主客郎中，充集贤殿学士。一连四年，都担任这个闲职。本来，宰相裴度想推荐他做知制诰，就是起草皇帝诰命的官职，但未能成功。有人猜测，和他那首桃花诗的续集不无关系。但此时的刘禹锡，已经不太在意这些翻云覆雨的纷扰了。

一直到生命中的最后几年，刘禹锡都没能达成最后的心愿，那就是在朝堂上充分发挥自己的政治才干。他曾请命到苏州等地方做刺史，一直到六十六岁，过了法定退休年龄才回到长安，到最后，也只是做了个太子宾客的闲职。

而这段时间，对他来说最大的安慰，或许就是与白居易等好友之间的唱和往来了。说来也有趣，刘禹锡和白居易的性格不太相似。像白居易，也波折了一生，临到老年，对自己悠然富足的生活十分满意。但刘禹锡不同，前者是老来知足，他是老当益壮，总觉得自己壮志未酬，"莫道桑榆晚，为霞尚满天"。

但不管怎样，他也不得不悲哀地承认这一点，大唐的现状就犹如步入老年的他，甚至还不如老年的他。在刘禹锡的内心里，依然激荡着往日的雄心壮志，而这个朝廷，已然是日薄西山，过一天算一天了。

公元842年，七十一岁的刘禹锡进入了生命的最后阶段。那一年，他抱病写了《子刘子自传》。

这年秋天，刘禹锡与世长辞。白居易悲痛欲绝，写了《哭刘尚书梦得二首》，其中一首是：

> 四海齐名白与刘，百年交分两绸缪。
> 同贫同病退闲日，一死一生临老头。
> 杯酒英雄君与操，文章微婉我知丘。
> 贤豪虽殁精灵在，应共微之地下游。

一代诗豪，魂归混沌，在那个对于人才、对待热情极为不公的年代，他是否有遗憾？这一切的疑问，也只能随风而逝了。

《忆江南》诗意图

白居易：

这个诗人不简单

白居易（772—846）

姓　名： 白居易

字　号： 字乐天，号香山居士

别　称： 诗魔

荣　誉： 与元稹并称"元白"，与刘禹锡并称"刘
　　　　白"，新乐府运动倡导者

代表作： 《赋得古草原送别》《长恨歌》《琵琶行》
　　　　《卖炭翁》

画　像： 关注人民疾苦，也会享受生活

本是天才，偏又勤奋

唐代宗大历七年（772）正月，白居易出生于河南新郑的一个"世敦儒业"的中小官僚家庭。他出生之后不久，因为藩镇割据，家乡发生了战争。于是，家人辗转来到了江苏宿州符离安居。也是在那里，白居易度过了童年时光。

少年时的白居易聪颖过人。十八岁时，白居易曾到当时唐朝的都城长安游历，并拜访了当时的名流顾况。彼时，白居易还是无名的"小白"，当顾况听到他的名字"白居易"时，不禁调侃："长安百物皆贵，居大不易。"及览诗卷，至"离离原上草，一岁一枯荣。野火烧不尽，春风吹又生"，不仅大为惊叹，击节赞赏之余，乃叹曰："有句如此，居天下亦不难。老夫前言戏之耳。"

然而，就是这样一位天才少年，也丝毫不敢就此放松。据他在后来写给挚友元稹的《与元九书》中曾说道：

> 二十已来，昼课赋，夜课书，间又课诗，不遑寝息矣。以至于口舌成疮，手肘成胝。既壮而肤革不丰盈，未老而齿发早衰白；瞥瞥然如飞蝇垂珠在眸子中者，动以万数，盖以苦学力文之所致，又自悲。

天才，还有勤奋。少年时期的白居易，走了一条很中规中矩的成长之路。对于古时的学子，最符合设定的人生是科考。白居易的科考之路只比同龄的刘禹锡曲折一点儿，虽不像小刘同学二十二岁就进士及第，鹏程万里，但他在二十八岁时参加乡试，很快就获得考官赏识，并顺利地在第二年参加了京城"国考"，以第四名的成绩考中进士。

唐时考中进士只是取得做官的资格，并不是马上授予官职。要取得官职，还需要经过吏部考试。又是一番苦读之后，白居易参加了吏考。这一年，他不仅收获了功名，更遇到了一位终身挚友——元稹。

公元 805 年，白居易的第一份公职校书郎任期已满，他得开始为下一份工作继续参加考试。这是一场更高级的考试——制考。制科考试最主要的项目是试策，所谓"策"，就是回答皇帝的"问"。皇帝所问的当然都是当前的时政问题，借以发现考生处理问题的才干。

那一年，他都和元稹一起住在华阳观里，"闭户累月，揣摩当代之事，构成策目七十五篇"。后来，白居易把这些文章编成四卷，这就是有名的《策林》。这套书对当时的政治、经济、军事、外交、刑法、吏治、风俗等各个方面，都阐述了自己的观点，堪称当时国考的经典教材。

学霸就是不一样。在普通考生还在拼命死读书的时候，人家都已经自己编撰教材了。而这一段时间，白居易和元稹同吃同住、共同进步，不仅学习大有提高，两人的友情更是与日俱增。

终于，在这一年四月，通过殿试，元稹以第一名的成绩被任命为左拾遗，白居易被任命为周至县尉。没通门路，也不找熟人，白居易的仕进之路，真的全都是靠自己的苦打硬拼换回来的。

千古名作《长恨歌》

写《长恨歌》是一个很偶然的机会。公元 806 年，他与好友王质夫、陈鸿一道，前往马嵬驿附近的仙游寺游览。熟悉安史之乱的人，都对马嵬驿这个地名印象深刻。当年就是在这里，唐代历史上最著名的一位丽人，在乱军之中被号称最爱她的男人下令缢死。

此时距离安史之乱已经过去数十年。然而，一提及当年战乱中的惊心动魄，以及唐明皇与杨贵妃的生离死别，依然让人感慨不已。两位好友不约而同地提议，让白居易为此事赋长诗一首。听到这个建议的白居易沉默了。

在中国的历史上，杨贵妃一直是一个惊世骇俗的存在。在历代帝王的后宫群里，从没有一个女人，能像她一样，不仅宠冠六宫，最重要的是，获得了一个皇帝的爱情。尽管李隆基在最后关头并没有选择保全她的性命，这让这份情义的分量打了不少折扣。但是，对于一个后妃来说，她生前得到的爱与死后得到的思念，没有一个皇宫中的女人能与之媲美。

在她死去之后，这个帝国也随之走向没落。那个年老的统治者，从此失去了原有的生气勃发的精魂，迅速地衰老了。

在爱而不得的悲剧面前，帝王与普通人承受的痛苦没什么两样。

在那一刻，白居易望着悠悠的远山，浮现在他脑海里的，不知道是被传为唐代第一美女、却早已"宛转蛾眉马前死"的贵妃杨玉环，还是"我有所念人，隔在远远乡"的湘灵……

很快，这篇名荡古今的长篇叙事诗在白居易的笔下被创作出来了：

> 汉皇重色思倾国，御宇多年求不得。杨家有女初长成，养在深闺人未识。天生丽质难自弃，一朝选在君王侧……

一千多年前，这首《长恨歌》一问世，立即轰动朝野。不仅士大夫争相传颂，连民间歌女也以能诵唱为荣。

一曲《长恨歌》，白居易或许只是为了借古事抒发内心的积郁。没想到的是，因为这首诗，他引起了当时朝廷的注意。

客观来讲，《长恨歌》不仅是一首爱情诗歌，也隐含着作者对时政的不满。但意外的是，当时的唐宪宗并没有因此责怪他，反而把他调到京城，并任他为左拾遗。拾遗虽然是小官，但供奉讽谏，天下发生任何不恰当的事情，都该由拾遗提出来，或是上书，或是廷诤。他有权力不断向这个王朝的最高统治者进言，即使言辞犀利，也不会因为触犯龙鳞惹来杀身之祸。

白居易很适合这个位置。因为，在他当值的这段日子，他很成功地做到了把当时的唐宪宗李纯每每气到发昏。性情耿直的白居易惹到的不仅仅是皇帝，还有周围被他一次次上书批评的官员。

新乐府运动

有关写作，当年他在写给元稹的信中，曾提出这样一个建议："文章合为时而著，歌诗合为事而作。"说得浅显些，就是写出的东西要言之有物，不要为了写而写。文辞质朴易懂，切中时弊，使闻者足戒。"为君、为臣、为民、为物、为事而作，不为文而作"。在这方面，白居易认定的偶像是杜甫，比如他的"三吏""三别"等等，简直就是完美的样板文章。写东西就该这么写，这不仅展示一个文人的才华，更体现他忧国忧民的风骨。而这一类文章，被白居易统称为"新乐府诗词"。

一看到兄长如此推崇新乐府诗词，作为小弟的元稹立刻响应。不光是他，还有其他著名诗人，比如李绅、张籍等人也作诗应和。而文章的主旨都集中在揭露当时的社会矛盾。究竟这些诗作有多大的反响呢？在白居易写给好友的信里，就直言不讳地提到过："凡闻仆《贺雨诗》，众口籍籍，以为非宜矣；闻仆《哭孔戡诗》，众面脉脉，尽不悦矣；闻《秦中吟》，则权豪贵近者，相目而变色矣；闻《登乐游园》寄足下诗，则执政柄者扼腕矣；闻《宿紫阁山北村》诗，则握军要者切齿矣!"由此可见，白居易的诗作，基本上是惹恼了各行各业的豪强权贵。如此一来，他未来会遭遇罢黜的命运，就一点也不奇怪了。

白居易在左拾遗的位子上坐了一阵后，忽然得到提升，做了太子赞善。不明白的，觉得他是乘了东风；明白人一看便知，不管官员也好，皇帝也罢，实在受不了天天接到他的谏文，索性把他移了个无法随意发言的位置。就在这时，长安城发生了一起蹊跷的刺杀事件。

唐宪宗时期，河北三镇以及淮西一直和中央为敌，当时的宰相武元衡是一个积极的主战派。而他却在凌晨去皇宫见皇帝的路上，被刺客围攻残忍杀死。武元衡的死让当时的很多大臣噤若寒蝉，再也不敢提出兵之事。白居易一听此事，完全忘记自己已经不是谏官、不能随意发言的事实，一大清早，急急奔到朝廷上奏，建言严惩凶手。

接到奏折的唐宪宗非常不爽，他当然知道这一次的刺杀行动目的是什么，但当时的朝廷并没有做好充分的准备去削藩，白居易的这一次进言，就好像在他又羞又恼的内心里直接撒了一包粗粒盐。

皇上不愉快，底下的臣子自然一清二楚。但是，对白居易这次大义凛然的上谏直接驳斥，也不是办法，于是他们就开始罗织别的罪名。最后的结果就是，正直的白大官人，因为这次冲动，被贬到江州做司马。江州，也就是今天的江西九江。

其实，被贬谪的日子对白居易来说，也不甚难过。不论是在江州，还是后来的忠州，以及杭州等，他都能安之若素。由此可见，不同的人面临困境的态度也是不同的。刘禹锡、柳宗元、白居易、韩愈等人都遭遇过被贬谪的命运，郁闷当然是必不可少的，但刘禹锡和白居易不约而同地选择了寄情山水。柳宗元一直在五年之后，熬死了老娘和爱女，才一点点把心结打开，最后还是死于郁闷。

如果他们之间一定要找到区别，那可能就是柳宗元被贬谪的永州环境太差了，相比于江州和朗州更为艰难。不然的话，同为司马，为什么白居易就能把自己的日子过得舒心畅意呢？

当然，也可以认为，这所谓的舒心畅意只是表象，真正能体现诗人内心感受的还是他的作品，比如他在那段时间创作的《琵琶行》。

那是一个深秋时节，那一晚的浔阳江上，水波粼粼，一弯新月挂在枝头。彼时，白居易刚刚到江州两个年头，正是内心最凄惶的时刻。有朋自远方来，执手相握，说不尽的知心话，可惜匆匆又要离别。江上一叶扁舟，岸上一骑孤马，好友相对无语，即使有酒，也醉不成欢。幸好那江上忽然响起的琵琶声，犹如仙乐，拯救了这最艰难的时刻。

醉不成欢惨将别，别时茫茫江浸月。
忽闻水上琵琶声，主人忘归客不发。

一位过气的京城名姬，一位被贬边地的江州司马。即使在当年的长安，两人也从未有过任何交集。但"同是天涯沦落人"的悲剧命运使得他们一见如故，你为我写诗，我为你奏曲。

但这首曲子的杀伤力实在太大了。当这位琵琶女"感我此言良久立，却坐促弦弦转急"，这"凄凄不似向前声"的曲调，使得一千多年前浔阳江上的诗人白居易痛痛快快地大哭了一场。普通人的情绪，在抽抽噎噎中就已经得到了完美释放。而他，却由此完成了这首著名的《琵琶行》。一千多年来，有多少人因为这句"同是天涯沦落人，相逢何必曾相识"感慨唏嘘。

坎坷过后是油腻的中年

此后六年时间，白居易也辗转了一处又一处的贬谪之地。远在长安的大明宫风云诡谲，很快，唐宪宗也和他早死的老爹一样，莫名暴亡；他的儿子穆宗继位，白居易重新被召回。

这一次仕进之路，白居易走得很顺畅，但朝堂上的党争让他感到无比腻味。官员们在忙着为自己争夺权力，却没有人关注当时已经民不聊生的惨状。而他也明白，自己这心里想什么、嘴上就说什么的性格，朝堂是容不下的。这一次，他主动请求外放到杭州做刺史。到了地方，白居易是撸起袖子加油干，先后修钱塘湖堤，蓄水灌地千顷；又疏浚城中李泌六井，供民饮用。看来，白刺史不仅善于写诗，在水利工程这块也是不遑多论的。

但不管怎样，在苏杭的日子，也是白居易人生中最为惬意的时光。他只是一个外放的官员，努力做好了本职工作之后，就可以和好友游山玩水，互相唱和，当真是风雅至极。自古江南多美女，白居易的两位宠妾樊素和小蛮，或许正是在这里收纳到府中的。

公元 831 年，已经花甲之年的白居易接连遭遇人生中重人的噩耗。先是他最喜欢的小儿子夭折，紧接着，他一生引为首位知己的元稹，也因为患病去世，时年才五十三岁。

得到噩耗后，这位六十岁的老人，几乎整日都在哭泣。大唐的许多诗人，都有一个彼此心意相通、感情甚至好过情侣的友人，而白居易与元稹绝对是其中一对。即使在两年之后，一次偶然的机会，他听到有歌者在唱元稹生前的诗句，依然忍不住心伤："时向歌中闻一句，未容倾耳已伤心。"

往后的日子，白居易又得到一老友在旁，那便是号称"耿直兄"的刘禹锡。说来也有意思，如果把白居易和元稹形容成原配，那么他和刘禹锡的关系特别像"续弦"。如果在年轻时，他们可能不会像现在这样彼此忍让。但相遇的时候比较好，岁数大了，也都是宦海沉浮了好几十年，老来寂寞，又才高性清，别的人看不上眼，他俩也就自然而然地成了"一对"。

两人经常相约在一起喝酒。或许酒酣耳热时，白居易思的想的，都是故去的元稹；而刘禹锡感慨的，也只是英年早逝的柳宗元。但这也不妨碍他们絮絮叨叨，说说往事，再对现状吐吐槽。白居易喜欢没事吃些丹丸补养身体，刘禹锡是百般看不上，只说喝酒才是养生秘诀。但不管怎样，注重养生的刘禹锡还是死在了白居易前头。

公元 846 年，七十五岁的白居易卒于洛阳家中。

他绝对想不到，自己的死比生要荣耀许多，当时的皇帝甚至亲手为他写悼诗：

童子解吟长恨曲，胡儿能唱琵琶篇。
文章已满行人耳，一度思卿一怆然。

更让他想不到的是，他的诗歌甚至漂洋过海，成为日本文坛的最爱。当时的日本天皇，还有女作家紫式部都是他的狂热粉丝。

柳宗元：

一个孤独的钓雪者

柳宗元（773—819）

姓　名： 柳宗完

字　号： 字子厚

别　称： 柳河东、河东先生、柳柳州、柳愚溪

荣　誉： 与韩愈并称"韩柳"，与韩愈、苏轼、苏洵、苏辙、王安石、曾巩、欧阳修合称为"唐宋八大家"，古文运动倡导者

代表作： 《江雪》《黔之驴》"永州八记"

画　像： 从一飞冲天到一落千丈、被困柳州的文囚

少年得名、青年得志

公元 773 年，柳宗元出生在山西运城。同他一生的挚友刘禹锡一样，柳宗元的出身也很高。在当时的唐代，陇西、赵郡的李姓，清河、博陵的崔姓，范阳卢姓，荥阳郑姓和太原王姓是七大望族。此外还有河东"柳、薛、裴"等大族仅次之。

柳宗元的祖上都是南北朝时的重臣，柳宗元已是官八代了。尽管到他祖父时，家道已经中落，但书香门第这个底子太厚了，柳宗元在少年时便名声在外。就如刘禹锡后来为他写的墓志铭所说："子厚始以童子，有奇名于贞元初。"这并不是老朋友对他的吹捧，而是确有其事。

在柳宗元十二三岁时，因父亲柳镇被调到湖北、广西一带做官，他随父同行。这三四年里，他除了饱学诗书，便是到各处游览，开阔了眼界，还结识了不少有名的人物。

柳宗元所处的年代正是唐代藩镇割据最严重的时候，他十三岁那年，发动叛乱的军阀李怀光被朝廷讨平。当时，一位姓崔的御史中丞请柳宗元代写一篇向皇帝祝贺的奏表，柳宗元欣然接受，很快便写出了《为崔中丞贺平李怀光表》。这篇文章，是现在流传下来的柳宗元最早的著作。才十三岁的年纪，就有如此缜密老练的文笔，这也使得他的名气一下子传扬开来。

少年得名，更兼有青年得志。二十二岁那年，他考中进士，也第一次认识了同榜得名的刘禹锡。两个年轻人，一样风华正茂、意气风发，惺惺相惜是很自然的事情。只是两人当时都没有想到，这段情感对他们一辈子来说，是那样地难得珍贵。

贞元二十一年（公元805年），唐顺宗即位。这应该是唐代历史中命最不好的一个帝王了。当太子当了二十六年，结果，做皇帝八个月就被迫退位。很可惜，这样的皇帝还让柳宗元给遇上了；最要命的是，柳宗元还把全部的赌注都押在了皇帝的身上。

中晚期的大唐，一直在藩镇割据和宦官专权的矛盾中摇摇晃晃，这种局面一直到最后也没能彻底改变。也不知是唐顺宗让宦官气糊涂了，还是性格里有天真的成分，他居然想通过革新的方式，从宦官手中夺回权力。于是，由革新派领袖王叔文执政，开始实行一系列改革措施。

平心而论，在这次为期一百多天的改革里，确实有一些对百姓有益的举措，比如取消了"宫市"。就是宫中宦官以皇宫采办为名，在街市上公开抢掠。白居易的那首《卖炭翁》，说的就是这段黑历史。

但永贞革新的核心内容在于抑制藩镇割据，顺带打击宦官专权。由此就看出了士大夫阶层的不成熟：没有军队，没有兵权，还想解决国家多年来的积症，这怎么可能！结果，这次革新很快遭到了宦官的反扑，这一次，他们居然联合了之前一直作为对手的藩镇将领。结果，参与革新的所有官员都被一一流放。唐顺宗也被迫退位，当了太上皇的他，很快也走到了生命的终点，在深宫之内暴毙，死因不明。

恩宠贬谪就是一夕之间的事情，这不能不让人惆怅命运的翻云覆雨。

独钓寒江雪的哀绝

柳宗元被贬的第一站是湖南的永州。永州地处湖南和广东、广西交界的地方，一千多年前，这里不仅荒僻，更是人烟稀少。和柳宗元同去永州的，有他六十七岁的老母亲，还有两位亲戚家的弟弟。

柳宗元这一生最大的幸运，在于他有非常明事理的老母亲卢氏，她虽然年近古稀，还陪着儿子到边远之地，但她从没有流露过一丝埋怨。相反老太太对儿子还多有劝慰："明者不悼往事，吾未尝有戚戚也。"不仅如此，她还很温存细致地照顾儿子的生活。如果母亲一直都在，柳宗元的心境或许不会那么糟糕，但很遗憾，仅仅半年之后，老太太就因为水土不服，染病后"诊视无所问，药石无所求"而撒手人寰。这让柳宗元悲痛欲绝。在长安的时候，他还凭着自己的恩宠为母亲求得了一个"河东县老太君"的诰命。可转眼间物是人非，自己不仅没能让母亲颐养天年，反而害得她过早离世。这一份痛悔的心情，都流露在了他写给母亲的祭文里。

　　柳宗元在永州最初的五年，都住在当地一处寺院——龙兴寺。有人说他境况窘迫，连落脚的房子也没有。有后人分析，这未必就是实情。因为在柳宗元的心里，他始终不相信自己会在这处边远之地长时间驻留，所以，他选择了客居龙兴寺，并一直翘首企盼来自长安的宣他回京的消息。

　　只可惜，柳宗元等得脖子都酸了，也没能盼到北来的赦令。反而在唐宪宗登基的那一年，收到了"纵逢恩赦不在量移之限"的诏令。意思就是，不管朝廷有多么大的喜事，如何大赦天下，这被贬的八位司马都没门。

　　那一年的冬天，永州下了一场铺天盖地的大雪，大雪淹没了一切。当一切都被大雪笼罩的时候，他乡与故乡仿佛并无区别。但越是不去想，孤独与寂寞越是噬咬着他的心。就在那般凄冷的心境之下，他写出了这篇号称传世孤绝的诗作《江雪》。

　　千山鸟飞绝，万径人踪灭。

孤舟蓑笠翁，独钓寒江雪。

有时，个人的不幸，却是文学史上的幸运。一个生活悠然的人，很难迸发出创作的灵感。能够流传千百年却依旧打动人心的作品，只因为作者也承载了穿越千年的忧伤。

在永州的日子，他因为闲暇无事，除了苦读诗书，就是在当地各处游山逛水。著名的"永州八记"便出自这段岁月，给我们印象最深的，应该是中学时学到的《小石潭记》。里面的佳句至今仍朗朗上口：

从小丘西行百二十步，隔篁竹，闻水声，如鸣佩环，心乐之。伐竹取道，下见小潭，水尤清冽。全石以为底，近岸，卷石底以出，为坻，为屿，为嵁，为岩。青树翠蔓，蒙络摇缀，参差披拂。

当年摇头晃脑背这段文字的时候，大家还都是不谙世事的青葱少年，对于文中末尾作者的感受，应该毫无知觉："坐潭上，四面竹树环合，寂寥无人，凄神寒骨，悄怆幽邃。"

谁能想到，作者在创作这篇文字的时候，那已经幽沉到底的冷涩心意呢？无论景致多么美好，在一瞬喜悦之后，涌上心头的，都是无穷无尽的忧伤。

但不管怎样，到永州的第五年，他在龙兴寺的对岸买到一块自己心仪已久的地界，并修建了房屋。就是他在"永州八记"里提到的西山小丘。

在这里，他的散文创作到达了一个巅峰。

如果让柳宗元有机会回忆这一生，那么，他最痛恨最不愿想起的，或许就是永州。但事实上，他之所以被后世称颂为"唐宋八大家"之一，大部分作品都出自这段苦难的岁月。

思乡望断， 力竭柳州

元和十年（公元815年）正月，在永州谪守了十年之后，柳宗元终于盼到奉诏回京的消息。只可惜，他千里迢迢兴奋地赶回京城，连亲友都没来得及探望，就又接到了再次被贬谪的诏令。

很多史学家分析，刘禹锡、柳宗元这批被调回京城的"五司马"，都是受了刘禹锡那首"玄都观里桃千树，尽是刘郎去后栽"的连累。但事实上，光这几位被贬谪官员陆续回京，朝廷中就已经有人紧张得睡不着觉了。毕竟他们曾经是十年前叱咤风云的人物，一旦重新站在朝堂之上，原有的平衡关系势必要重新打破。不管出自怎样的考虑，很多人的想法在这时也是出奇地一致，那就是继续把他们排挤出朝堂的圈子。

就这样，柳宗元一行都重新踏上了远行之路。但最让他们气不平的是，这一次做官，给的名义还是平了反、升了职。黄连咽下肚，有苦说不出。

公元814年，在与刘禹锡依依不舍地告别之后，柳宗元停停走走，走走停停，足足花了三个月时间才走到柳州。

在路上，柳宗元就已经给自己不断打气，但真正走到这里，当地的恶劣条件还是让他倒抽冷气。

柳州属于岭南道，当时是个蛮族杂居的地方，不仅语言难通，而且劫掠贩卖人口之风盛行。他在《寄韦珩》书信中写道："到官数宿贼满野，缚壮杀老啼且号。"不仅如此，官方与当地的关系也是非常紧张："饥行夜坐设方略，笼铜枹鼓手所操。"

但不管怎样，这一次柳宗元的官职是柳州刺史，他手中有了实际的权力。尽管有各种不甘心、怨愤以及吐槽，他还是决定收拾起个人情绪，当一天刺史，就尽一天的职责。在这一点上，他与老朋友刘禹锡以及韩愈，三观是出奇一致。

和刘禹锡一样，柳宗元也很注重发展当地教育。一切落后不开化，都是因为没文化。但这个说起来容易做起来难，柳宗元的一篇文章中说这里的人迷信巫医鬼神，遇到事都杀牲口祭拜，小的不行就杀中的，中的不行，就杀大的……结果到最后人口减少，田地荒芜，牲畜也没多少了。

虽然在外人看来，这一切习俗让人不可思议，但在当地，已经流传数百年了。柳刺史任重道远啊。

柳宗元的对策就是修孔庙、建学堂、宣传儒家思想，必要时还重修庙宇，以佛教替代当地的原始宗教。

回顾柳宗元在柳州所做过的政绩，不得不承认，他不仅会写诗，还是一个特别讲究实干的地方官员。千年以前，他就已经懂得要努力抓教育搞农耕，甚至废除当地奴隶买卖制度等实实在在的政务了。在亲手种植柳树的时候，他还写了《种柳戏题》："柳州柳刺史，种柳柳江边。谈笑为故事，推移成昔年。垂阴当覆地，耸干会参天。好作思人树，惭无惠化传。"

《种柳戏题》在柳宗元被贬谪之后的生涯中，是难得的一首风趣之作。事实上，在柳宗元生命中的最后几年，病痛和愁思一直在折磨着他。

柳宗元自己也深谙医道，他还曾经给老友刘禹锡寄过一个医治连州疾疫的方子。但是，他医不了自己，因为他始终打不开自己的心结。

在这样一个有月却被乌云深遮的夜晚，他登上柳州城楼，写下了《登柳州城楼寄漳汀封连四州》以纪事感怀。

城上高楼接大荒，海天愁思正茫茫。

惊风乱飐芙蓉水，密雨斜侵薜荔墙。

岭树重遮千里目，江流曲似九回肠。

共来百越文身地，犹自音书滞一乡。

看到这首诗，不由得让人想起同样在晚年贫病缠身的杜甫——他也曾支撑着羸弱的身体，在异地他乡的九月初九登高怀远时，写下那首诗："风急天高猿啸哀，渚清沙白鸟飞回。无边落木萧萧下，不尽长江滚滚来。"相隔几十年的两位惊世奇才，在这一刻，没有人比他们更懂得彼此的心意，那就是思乡之愁。

对于现代人来说，可能怎么也无法深刻地体会古人对于家乡的思念。彼时交通闭塞，山高路远，乡愁望断。杜甫晚年时百病缠身，面临战乱流离，也要拼尽所有的力气返乡，最后死在回乡的途中。柳宗元的情况更为复杂，不仅离乡千里之遥，还有公务在身，他明白自己的"罪臣"身份，没有诏令，是不得回乡的。

这是怎样一首哀绝无望的诗啊。在他看来，自己被锁在一座千万峰围绕的孤城之中，不但身体有恙，而且精神疲惫，他已经很久不想说话，连诗文都不愿意再碰了。

元和十四年（公元819年）十月初五，柳宗元终于在顽强地熬过十四年孤寂凄凉的岁月后，耗尽了生命的灯油，带着无限的遗憾，在柳州治所溘然长逝。在生命的最后时刻，他为自己的后事做了详尽安排，首先请自己最好的朋友刘禹锡把自己一生的文字作品汇编成册。然后请他照顾好自己的孩子。

虽然身世坎坷，但柳宗元识人的眼光是一流的。他知道刘禹锡是一个可"明信之人"，即使自己故去，他也一定会竭尽全力完成自己所托。

纵观柳宗元这一生，他在饱受期许、失望与痛悔的折磨中，已经悟出了人生的真谛。年轻时因为急于求成，没有一点从政经验便想一蹴而就，就如《黔之驴》中的蠢驴被老虎吃掉，一点也不冤枉。

不管怎样，只要自己不放弃，苍天就不会辜负他这盖世的才华。在谪居的日子里，他创作的一篇篇作品，深深感动了千百年来的后世之人。当年，他曾经最担心的为柳氏家族蒙羞的恐惧，如今想来真是太不值得了。事实上，即使他官至高位，也不一定能取得比现在更好的成就。

李绅：

备受争议的『悯农』诗人

李绅（772—846）

姓　名： 李绅

字　号： 字公垂

别　称： 短李

代表作： 《悯农》

画　像： 从悯农诗人到贪官酷吏

新乐府运动急先锋

"锄禾日当午，汗滴禾下土。谁知盘中餐，粒粒皆辛苦。"这首唐代诗人李绅的《悯农》几乎每个小孩子都会背。它告诉我们一粥一饭都来之不易，每一粒饭背后都浸泡着农民的汗水，要学会珍惜。

"春种一粒粟，秋收万颗子。四海无闲田，农夫犹饿死。"这首《悯农》也是李绅写的。它用对比的手法，提出了一个发人深省的社会问题，或是社会不公平现象：为什么"四海无闲田"，而辛苦劳作的"农夫犹饿死"？一般人可能不会提出这个问题，也不会思索背后的原因。李绅不一样。所以这首诗在某种程度上，体现了李绅的胸襟与格局，一种成大事者的格局。

《悯农》诗意图

李绅生于安史之乱后，典型的中唐诗人。他算得上一个"官二代"，但后来家道中落，父亲只做过县令一类的小官；六岁时父亲去世，母亲带着他，日子过得很是艰辛。

为了节省钱粮，李绅早年常常到寺庙中读书。因为穷，他偷偷拿寺院中的佛经当草稿纸，为此被寺中和尚痛打。他营养不良，身材矮小，人称"短李"。早年亲历的人世艰辛和民间疾苦，让他对底层人民的生活有着深切的同情，也对社会的不公深感愤懑。上述两首《悯农》具体写作时间已不可知，但写于早年是肯定的。

他的诗名渐渐为人所知，尤其是当朝显宦吕温从他的诗中看出了他非同一般的志向与眼界，对他非常赏识。二十多岁，他来到长安科考，又结识了当时的文坛大佬韩愈。在当时举荐之风盛行的背景下，他占据了很有利的条件。就算如此，他的科考之路也并不顺利，考了几次皆未中。在此期间，他又结识了元稹、白居易等当时的一流诗人。

元白对当时的诗风极为不满，他们提出"文章应为时而著，歌诗合为时而作"，提倡言之有物，并发起了"新乐府运动"。李绅积极响应，写了许多新乐府诗呈给元稹。这些诗大多讽谕时事，"补察时政"，有着强烈的现实主义精神。

从"悯农"到"新乐府"，当中有着一脉相承的东西，李绅对社会底层的现状有着切身体会，写这些诗不仅仅是一种姿态或选择，更是他的当行本色。如果李绅一直沿着这条现实主义的路走下去，不知还能不能写出类似《悯农》这样的好诗呢？

党争大佬

但他并没有沿着这条路一直走下去。在官场濡染日深，他的官运也越来越好，还成了天子近臣。唐朝著名的牛李党争，就发生在这个时候。李绅选择成为李德裕即李党中人，此后他的命运就随着牛李党争而浮浮沉沉。一朝天子一朝臣，皇帝的废立也直接影响着牛李两党的政治命运。

身为御史中丞的李绅自然成为党争旋涡中的重要人物。其间的恩恩怨怨，无法详述。我们只知道，随着唐敬宗的登基，牛党得势，李党失势，李绅也跟着被贬到地方任些闲职。宦海沉浮中，人的性情会发生变化。而关于李绅的种种传闻或记载也越来越多。

有人说，李绅的生活渐至奢靡，因喜欢吃鸡舌，"一盘鸡舌要杀300只活鸡"。也许这个传闻并不真实。但刘禹锡的一首诗，却真实地为我们展现了李绅生活的奢华。据说李绅曾请刘禹锡吃饭，席间让歌妓助兴，刘禹锡在席上写诗一首："高髻云鬟宫样妆，春风一曲杜韦娘。司空见惯浑闲事，断尽江南刺史肠。"诗的意思是：梳着宫女样发髻的歌女唱着《杜韦娘》，让人如沐春风一般，李司空（即李绅）自然是见惯了这样的"大场面"，可是对我这个从江南回来的刺史来说，简直要断肠销魂了呀。从这首诗中，演变出了"司空见惯"这个成语。

有人说，李绅从以前体恤民情的悯农诗人变成毫无同情心的酷史。说他在任淮南节度史时，下令在寒冷的冬季征收蛤蜊。这种东西生长在深水里，通常是夏季才吃的。下级官吏看不惯他的做法，上疏抨击，他只得作罢。还说很多淮南的百姓因为不满他的严酷，纷纷逃离。下面的官员向他汇报，他说："你见过用手捧麦子吗？那些颗粒饱满的才会留下来，秕糠则会随风而去。"

李绅身为权力场中的人，牛李党争各执一端，史家或野史记载者很难公正客观地秉笔直书。但人在江湖，有时会身不由己，李绅是不是当初那个体恤民情的"悯农"者我们不得而知，但人会随着地位或处境的变化而变化，却也是正常的。那种真正不忘初心的人，毕竟难得。

"文如其人" 一定对吗？

我们常常说要"知人论世"，在评判一个人之前，一定要尽可能全面了解这个人的方方面面；否则会失之片面，失却公允。

还有一个说法是"文如其人"。所谓"文如其人"，意思是我们往往能通过一个人的文章来推断这个人的品性，从某种意义上说，也不尽然。关于这点，金朝诗人元好问曾感慨："心画心声总失真，文章宁复见为人。高情千古闲居赋，争信安仁拜后尘。"意思是，那个写《闲居赋》以示情志高洁、不慕荣利的潘岳，在现实生活中却是一个趋炎附势、谄媚权贵的无耻小人，我们很难凭一个人的文章准确判断其为人。

聪明的读者，到底应该怎样去全面认识或评判一个人呢？这真是一个值得深思的问题。

杜牧：

放浪形骸的背后

杜牧（803—852）

姓　名： 杜牧

字　号： 字牧之，号樊川居士

别　称： 杜樊川、小杜

荣　誉： 与李商隐并称"小李杜"

代表作： 《江南春绝句》《清明》《赤壁》《山行》
　　　　　《泊秦淮》等

画　像： 风流才子、深谙兵法、洒脱不羁

家有万卷书的杜公子

公元 803 年，杜牧出生在京兆府万年县，也就是如今的陕西西安。相比其他诗人，杜牧的出身就高了不少，妥妥的京城人士。而他的家世更是了不得，祖父为唐代宰相、著名史学家杜佑，父亲杜从郁是家里的第三个儿子。

杜牧总是谦虚自家的条件一般，没什么钱。事实上，对于这些书香门第好几代的士族来说，太有钱反倒是个有点说不过去的缺点。当然，人家的话锋重点不是说没钱，而是这句："旧第开朱门，长安城中央。第中无一物，万卷书满堂。家集二百编，上下驰皇王。"

我家有一个正处皇城中心的旧房子。屋子里并无长物，唯一能拿得出手的，也就是万卷诗书而已。

写过《杜牧传》的缪钺先生曾经在文中提道："杜家的第宅在长安安仁里，即安仁坊，在朱雀门街东第一街，从北第三坊，正居长安城的中心。另外，杜家在长安城南三十多里下杜樊乡还有别墅，'亭馆林池，为城南之最'的杜佑常邀宾客到此游赏，置酒为乐。"

不知道大唐时期京城中央的房价究竟几何，虽然不像如今这般夸张，但较之其他房舍，一定也是矜贵异常。

杜牧的童年时光必然是相当舒心惬意的。家庭条件不是一般地优越，自己本身还是天才儿童，肯定时时被长辈奖励夸赞。

相比诗人同行，杜牧的军事天分也不容小觑。这大约遗传于他的祖先——晋代的名将杜预。杜牧十六岁时，正是元和十三年（公元 818 年），那时朝廷正派兵讨伐藩镇将领李师道。杜牧看到宪宗连年用兵讨伐藩镇，但败多赢少，有些败仗甚至输得不明不白，不禁大为感慨。于是暂时扔掉文学书目，一头扎进军事研究。他认为，即使是士大夫也应该关心军事。把这么重要的国家职责完全交给武夫，让人不放心呀！

还别说，杜牧的军事理论不光是停留在纸上，还曾经运用到了实践中。比如李德裕平定刘稹叛乱时，杜牧及时献计献策，他的许多具体意见也被采纳，如兵种分配应"精甲兵五千，弓弩手二千"，切实有效。而且，这场战役以朝廷军队大胜而画上句号。但遗憾的是杜牧并没有因此在军事上大展宏图，实现自己的人生抱负。他的这份优秀、这份才华明明如此耀眼，朝廷大员的反应居然是集体失声。

事实上，那个时候的大唐，已经像一个病入膏肓的老者，几代帝王次第更迭，基本都不长命。好不容易遇到一个有点责任感的，又不能善始善终。唐宪宗改变代宗、德宗以来姑息藩镇的政策，削平抗命的藩镇，被誉为开创元和中兴的圣天子。但到了晚年他骄矜自满，专注大兴土木、炼丹药，最后被宦官害死。继位的唐穆宗完全没有父亲遗风，刚刚即位，就耽于逸乐。至于他的儿子敬宗，更是荒唐出了一个新境界：继位时才十六岁的他，特别喜欢深夜在宫内抓狐狸。抓着抓着，可能觉得宫室还不够大，难度不够，于是又大修宫室。

杜牧的《阿房宫赋》，就是针对这件事的讽喻文。他借秦事讽刺敬宗。"独夫之心，日益骄固。戍卒叫，函谷举。楚人一炬，可怜焦土。呜呼！灭六国者，六国也，非秦也；族秦者，秦也，非天下也……"

唐朝后期的统治虽然一代不如一代，但是还有一个特别好的传统，那就是不会对谏言者举刀。皇帝可能不待见你，但不会因为你的直言而杀了你。也正是这个原因，才使得白居易、韩愈等官员虽然在仕途上吃了不少苦头，但都不至于因此丢了性命。

而这篇赋带来的一个好处，就是杜牧因此得到了太学博士吴武陵的注意。老爷子当时非常激动，骑着一头瘦驴，颤巍巍地就去找当时进士考试的副主考官崔郾，一定要他把状元的位置留给杜牧。崔郾表示很为难，说状元的位置早就内定了。吴老爷子也不着急，沉吟一会，就说前三名也行。崔郾赶紧回答，前三名，连第四名也都有人选了！吴武陵听到这儿，不再多说，直接拍板第五名就是杜牧了！

事实证明，吴武陵确实是一个很不错的谈判高手，他或许知道状元榜眼探花都不可能留给杜牧，但还是凭着高超的谈判技巧，为自己的偶像争来了不错的利益。

被一锤定音的崔郾有点恼火，但他对吴武陵非常尊敬。所以，并没有再对这个提议表示异议。那时候有人还在说杜牧的坏话：此人细行不谨。但崔郾表示：我已经答应吴老了，就算他是个屠户，这第五名也是他了！

时间可以证明，吴武陵真的是很有眼光，他竭尽全力为大唐找到了一个全能型的人才。但个人的命运永远是和时代分不开的，杜牧的遗憾就在于，生在了一个摇摇欲坠帝国的晚年，纵有一腔抱负、满腹才华，也逃不过"黯然"两字。

现实无奈，才子风流

那个时候的杜牧，当然不知道自己未来的命运如何，即使他对现状有太多不满，但金榜题名之后，他还是兴奋地作诗予以纪念和庆祝。"东都放榜未花开，三十三人走马回。秦地少年多酿酒，已将春色入关来。"

唐朝的科考只代表你有入仕的条件，想真正成为国家公务员，还要参加制举考试。这对于本来就出身官宦之家的杜牧来说不是难事，他有天分、有见识，当然，更有名气。很快，他就制策登科，官任弘文馆校书郎、试左武卫兵曹参军，十月随江西观察使沈传师外放到洪州（今江西南昌），从此，开始了自己的幕僚生涯。

事实上，杜牧的这些年过得确实很憋屈。明明怀有大才，却始终得不到重用，眼看着朝政一日日腐败，自己一身才华却无用武之地。最要命的是，自己还身不由己地卷入了牛李党争。

在唐代统治后期，以牛僧孺、李宗闵等为领袖的牛党与李德裕、郑覃等为领袖的李党展开了近四十年的党争，几乎所有的官员都被卷入其中，像元稹、李绅，甚至努力保持中立的白居易等都未能幸免。以致唐文宗有"去河北贼易，去朝中朋党难"之哀叹。

当时的杜牧不在权力中心，侥幸地逃过了这场大劫。但作为士子一员，他很清楚这场浩劫对于士族来说意味着什么，那就是可怕的灭顶之灾。惊怖和忧虑，使得这位年轻的才子几乎一夜白头。

后来，杜牧接受了牛僧孺的邀请，到扬州任幕府推官，后转为掌书记。在那里，杜牧谱写了一首又一首的风流诗篇。

杜牧到了扬州，他虽然是牛僧孺亲自请来的，却因为忌惮他曾经为李德裕效力过，反而不敢真正委派职务给他。结果，杜牧在扬州的大部分时光都是流连在青楼会所。

彼时，江南的富庶和繁华天下闻名，即使当时已经处于唐朝晚期。而江南的精华又全部集中在扬州，这里不仅有最美的景致，更有数不清的绝代佳人。

白日里，可以慢慢欣赏城中的小桥流水，夜幕降临之后，整座城市彻夜笙箫。尤其让杜牧感到惬意的是，唐代很多城市，连长安都多有宵禁，只有上元节等少数时间，民众才能在夜间自由活动。而扬州则是例外，"天下三分明月夜，二分无赖是扬州"，如此纸迷金醉的夜生活，足以让这位风流才子纵情放浪，乐不思蜀。

自古以来，才子与风流之间总有扯不断的联系。在长安时，杜牧就被人议论"细行不谨"。《太平广记》曾记录过这样一个故事：洛阳有一位叫李司徒的富豪，他家中豢养的歌伎阵容豪华，在当地堪称第一。这位老兄也喜欢请客，经常在家大摆宴席。因为杜牧是当地的监察御史，所以他不敢相邀。但没想到杜牧主动找人传话，表示自己愿意来参加他的宴席。李司徒不敢怠慢，马上致书邀请。到了主人家，只见"女伎百余人，皆绝艺殊色"。而杜牧则"独坐南行，瞪目注视。饮满三卮。问李曰：'闻有紫云者孰是？'李指示之。牧复凝睇良久曰：'名不虚得，宜以见惠。'"

从来没到别人家串过门，第一次去就主动要东西，不对，应该是主动要人，这样的狂放之举也只有杜牧能做得出来。但更绝妙的是，李富豪并不以为忤，反而慷慨地把这位叫紫云的美女送给了杜牧。

杜牧离开扬州准备到洛阳任职的时候，他的老上司牛僧孺就提醒他，你以后要做监察御史了，个人行为一定要严谨。当时杜牧还嘴硬：谁说我不严谨了？我都是相当注意的。老头子会心一笑，让手下拿出一个大箱子，"对牧发之，乃街卒之密报也。凡数十百，悉曰：某夕杜书记过某家，无恙。某夕宴某家，亦如之。牧对之大惭"。

原来，在扬州的这几年，牛僧孺一直在派人偷偷看着杜牧，有人说他是担心杜牧生活放浪，所以让人保护。但也不排除杜牧曾经为李德裕效力过，所以他更要紧张。

在扬州偎红倚翠的日子里，他抓紧时间写了一系列重磅的政论文，包括《罪言》《战论》《守论》等，屡次批评朝廷讨伐藩镇用兵时的失策，从形势、政策、调兵遣将等方面，论证了制服藩镇的方略，非常有见地。也许李德裕也曾经看过这些文章，也暗暗地参照治兵部署，但终其一生，他再也没有重用过杜牧，心眼之小，可见一斑。

现实就是如此残酷，纵有经天纬地之才，杜牧却始终无法走进权力核心圈。

公元837年，三十五岁的杜牧来扬州看望弟弟，这是他第三次，也是最后一次来到扬州。当小船悠悠驶过河岸，他看到杨柳拂风下景色依然。但不知为什么，此刻的他，感觉不到一点欣喜，反而有无尽的哀愁涌上心头。就在那红楼之上，曾有人与他依依惜别，虽未曾哭，却眼见着蜡烛滴泪到天明。

只要一个转弯，他就可以重新踏上那熟悉的台阶，或许还能看到旧日相识相知的面孔，但他终究决然地没有回头。

> 落魄江湖载酒行，楚腰纤细掌中轻。
> 十年一觉扬州梦，赢得青楼薄幸名。

扬州这座城市，不仅记载了他声色犬马的过往，也留下了他夜不成寐、笔耕不辍的热情和青春。只是，在这个世间，他注定要辜负别人，也终将被理想辜负。

暮年时光

又重新回到京城。但这一路的官职变迁都是随着牛党和李党的此起彼伏而改变的。牛僧孺得宠的日子，他还能在朝堂中待得住。等牛党势力一倒，他也被外放到黄州。

但杜牧并不泄气。因为在他的内心深处，是支持李德裕的政论的。

尽管自己没得到重用，他还是一篇接着一篇地写政论文，并呈献给朝廷。最著名的，就是他为《孙子兵法》所做的十三篇注释。但让他失望的是，这些凝聚着他心血的文章，自从被递上去之后，就石沉大海，再也没有消息。

岁月磨砺的不仅仅是容颜，更是一颗充满热情和希望的心。此去经年，当牛党的人物再次当权，而杜牧也有机会留在京城之后，他却主动要求外放江南。理由是京官赚得太少。

或许，这确实是杜牧曾考虑过的理由。但更多史学家认为，他已经对朝廷彻底地失望了，无论是哪个团体当权，他都没有机会施展自己的抱负。更何况，眼见着大唐就如一艘满目疮痍的大船，已经要渐渐没入水下，越是旁观越是心惊，何不一走了之呢？

终于，杜牧如愿被外放到了浙江湖州。

公元851年，他到了湖州刚刚一年，弟弟就去世了，心灰意冷的杜牧又重新回到长安。这一年，他还是以升迁后的身份回来的。

但杜牧再也不会为这人生的起起落落多花一点心思了。在生命中的最后一年，他把全部精力都花在了修缮樊川别墅上。这曾经是他爷爷最喜欢的地方，而杜牧最快乐的童年也是在这里度过的。

我们无法猜想在人生的最后岁月，这个五十岁的老人是怎样努力地把每一天都全神贯注于修补一座老房子。只有在最后完工的时候，他才肯放心地死去。

公元852年的冬天特别寒冷，接连几个晚上，杜牧都梦到了他去世的弟弟。在梦里，弟弟的眼睛完全好了，目光柔和明澈，就如少年人一样。他很惊喜：你终于找到良医了吗？弟弟只点头微笑，但不说话。杜牧颤巍巍地想拉住弟弟的手，抱怨自己的身体越来越差，还想让弟弟带着他去找那位神医好好看看。终于，弟弟说话了：别担心，兄长，你很快就会好了。

　　早晨醒来的杜牧，忽然觉得无比清明，他喊来家人备好纸笔，从早晨到黄昏，把一篇文章写了又改，改了再写。他的外甥裴延翰悄悄捡起地上的纸条，吓得说不出话来。原来，舅舅是在给自己写墓志铭："年五十，斯寿矣。某月某日，终于安仁里……"

　　他偷偷地观察舅舅，想看到他是否有恐慌不安的神色，但让他惊奇的是，根本没有，案前的老人神色如常，就如写一份账本一样平静淡然。

　　之后，他喊来裴延翰，让他把自己所有的文章全部拿来，亲自焚毁。还是在裴延翰苦苦哀求下，才留下了十之二三。

　　第二年，杜牧去世。而他的外甥也将杜牧诗文四百五十篇编次结集为二十卷的《樊川文集》，通行于世。

李商隐：

一生襟抱未曾开

李商隐（813—858）

姓　名： 李商隐

字　号： 字义山，号玉溪生，又号樊南生

荣　誉： 诗与杜牧合称"小李杜"，骈文和温庭筠、
段成式合称"三十六体"

代表作：《夜雨寄北》《贾生》《锦瑟》《无题》

画　像： 一生襟抱未曾开，寄人篱下，朦胧诗人

贫穷少年， 得遇伯乐

公元 811 年，李商隐出生在怀州河内，也就是现在的河南沁阳。李商隐自己曾说过，他的先祖是李唐王室旁支，但很久以前就已经衰落。李商隐的祖辈官运都不大好，他的父亲最多也就是当过县令、幕僚，携家带口辗转谋生，最后客死他乡。

李商隐不到十岁时，父亲去世了，这一下子，彻底失去了经济依靠。谁也想不到，就是这个小小的少年，开始承担养家的重担。李商隐十岁时就开始帮别人抄书写字，"佣书贩舂"，赚一点钱来补贴家用，减轻母亲的负担。好在李商隐天资聪颖，"五岁诵经书，七岁弄笔砚"；他还遇到了一位善良的亲属，有一位精通五经和小学的堂叔教他读经习文。十六岁时，李商隐便脱颖而出，因擅长古文而得名。

公元 829 年，李商隐全家搬到洛阳。李商隐刚到洛阳时，还只是一位名不见经传的穷苦学子。但他所写过的两篇古文《才论》和《圣论》，在洛阳当地引起轰动，也吸引了当时的天平军节度使令狐楚。在当时，令狐楚不仅身居高位，更是一位才华出众的文人，据说唐德宗就喜欢看他的文章，每次阅览奏章，他读一遍就知道哪篇是令狐楚写的。

而这位大才一看到李商隐的文章，竟然拍案叫好，马上请他来相见。不仅如此，他看到李商隐经济窘迫、身世堪怜，就邀请他搬到自己的府内居住，作为他儿子令狐绹的陪学。除此之外，还每月赠送银两给他，让他作为家用。

当李商隐搬到令狐楚家中后，老爷子不顾公事繁忙，兴致勃勃地给这个素未谋面的年轻人做起了家庭教师。当时，李商隐的古文写得很好，而令狐楚擅长的是骈体文。于是，他建议李商隐改个路子学习当时通行的骈体文，甚至亲自教他学习；后又聘他入幕，先后随往郓州、太原等地。他看重的是李商隐的才情。

在恩师的相助下，李商隐一面积极应试，一面努力学习骈文，在写作上基本完成了由散向骈的转变。而且，他的大部分诗文中，都能看到对仗工整、词句华丽的骈文的影子。

按说，能够得到长安城有名望、有权势的大佬的荐赏，李商隐的仕途之路不应该太难。但世事就是如此难料，从十六岁到二十五岁，李商隐整整参加了四次科考，但一直没能入选。

而这个阶段，令狐楚的日子也不好过。那个时候，朝廷还饱受宦官专政之苦，牛李党争刚刚冒头，令狐楚一直与牛僧孺的关系不错，被认为是牛党人物。

在此之前，李商隐还对自己的才情信心满满。但接连四次名落孙山，真的是太打击人了。到了公元 837 年，二十五岁的李商隐打起精神再次进入考场。这一次，他确实中了，但并不是靠自己，而是因为令狐楚的儿子——令狐绹的大力举荐。

十几年的寒窗苦读，最后居然只系在了两位权贵的一句话上。

为生计四处辗转奔波

令狐楚离世后，他的儿子令狐绹并没有一并继承他对于李商隐的好感。令狐绹已为李商隐求到了一个进士的名衔，仁已至义已尽。最后，两人在令狐府宅的大门前客气地拱手而别的时候，李商隐知道，从这一刻起，他真的就是一个人了。

没有了令狐家族可以依恃，但生活还得继续。公元 838 年，李商隐接到了泾原节度使王茂元的邀请，成为他的幕僚。对于李商隐来说，为了生计四处奔波实属无奈之举，因为科考成功不代表他马上可以入仕，他还要参加下一步的制举考试。而这段时间，他也要养家糊口，有人赏识他，他必须马上给予回应。

王茂元虽然不如令狐楚那样对他推崇备至，但也相当欣赏李商隐的才华。最重要的是，他还把自己的女儿许配给了李商隐。这对李商隐来说，是幸运也是不幸。因为王茂元是李党的人，恩师属牛党之人。自此之后，他落得个"忘家恩，放利偷合"的骂名。

公元 839 年，李商隐参加制举考试，因为得罪了令狐绹，他的考试没有通过，并毫无意外地遭到了京城士人的排挤。人人都认为他是一个背信弃义的小人。

终于，他通过了考试，却只谋到了一个京郊的县尉小官，最后还因为不忍心伤害无辜的黎民百姓愤然辞官。此后，命运开始一而再再而三地捉弄他。在他岳父所在的李党终于活跃于朝廷的时候，李商隐的母亲去世，他不得不在家丁忧守孝三年。好不容易可以继续做官了，李党又被新登基的唐宣宗所厌弃，他的求仕之路再一次被搁浅。

在这期间，李商隐的岳丈出征时因病去世。生前，他没能照顾到他小女儿的丈夫，而他的去世，也使得李商隐的处境变得更加艰难。为了生计，李商隐一个人在长安苦苦熬着，期待能够得到重用的那一天。作为一名小吏，他日日奔忙，那首著名的"昨夜星辰昨夜风，画楼西畔桂堂东"，也是写于这个时候。那一句"身无彩凤双飞翼，心有灵犀一点通"成了千古名句，但也让读者千百年来始终在猜测，这首诗到底是写给谁的？究竟是他的妻子，还是别人？

在长安混日子的李商隐终于再次遇到一个赏识他的贵人——征南将

军郑亚。彼时，郑亚也属于与李德裕交好的官员。因为李党受到排挤，他也被明升实贬为桂林刺史。在他向李商隐发出邀请之后，李商隐欣然前往。

如今的桂林自然是大美的旅游之地。但千年之前，到那里做官的人们都是苦不堪言。谁能想到，就是在桂林的那段日子，却成了李商隐人生中最平静的时光。那首"深居俯夹城，春去夏犹清。天意怜幽草，人间重晚晴"就体现了他如释重负的心情。

但李商隐的"好"日子也没能过多久，新的打击又来了，因为郑亚再次接到遭贬的诏书。

李商隐失魂落魄地再次回到京城。终于，他再一次低声下气地向令狐绹祈求，希望当时贵为宰相的他能为自己谋一份职务。结局也是可想而知的。

即使有满腹才华，却始终无人理会，不得不为生计奔波。那首《贾生》也是在那段时间创作的。

宣室求贤访逐臣，贾生才调更无伦。

可怜夜半虚前席，不问苍生问鬼神。

贾生，也就是西汉时期的能人高士贾谊。据史书记载，贾谊是当时著名的文学家和政治家。当年，他在政治、经济、国防以及社会风气等方面的进步主张，不仅在文帝一朝起了作用，更重要的是对西汉王朝的长治久安起了重要作用。

但就是这样一位百年难见的大才人物，也一样遭遇了冷遇和被贬谪的命运。好容易被皇帝找回来了，和他深更半夜促膝长谈，说的不是治国之道，反而都是虚无缥缈的鬼神之说。

从古至今，怀才不遇几乎是太多天才共有的命运。

一篇《锦瑟》解人难

后来李商隐接受了梓州刺史柳仲郢的邀请，作为他的幕僚。在梓州的日子，李商隐很努力地做着幕僚的分内之事。对此，柳仲郢非常满意。但唯一让他忧虑的就是，在这几年里，李商隐几乎从来没有笑过。他不像其他幕僚那样，闲暇的时候去喝茶喝酒消闲，而是经常拜访深山古刹，和高僧们谈经论道。

李商隐一生贫困，为了生计才不得不四处漂泊。而此时的他却舍得"自出财俸，于长平山慧义精舍藏经院特创石壁五间，金字勒《妙法莲华经》七卷。"

在某个深夜，依然没有困意的李商隐放下手上的书本，默默凝视着眼前的烛火，倾听着雨点敲落在残荷上的声音。西南多雨，更兼那本就是一个秋季，冷风寥落，孤灯照寒。

又是一年流落在异乡的日子，又是一段数不清悲与苦的年华。究竟何时能从这积郁中真正解脱出来，获得心灵的平静与欣喜呢？他找不到答案。这首《夜雨寄北》，究竟是寄给谁的？我们也不知道。

> 君问归期未有期，巴山夜雨涨秋池。
> 何当共剪西窗烛，却话巴山夜雨时。

公元858年，四十四岁的李商隐辞官回乡。漂泊多年的浪子终于又回到了自己的出生之地。那时的他，身心俱疲，却也有说不出的释然与轻松。对于未来，他有预感，或许在不久之后，他就可以告别这个让他无限惆怅的人世了。

传说每个人在将死之时，这一生所经历的每一件事都会如电光火石一样回映在脑海里。在卧病床榻的日子里，每一天每一刻，李商隐都无法不回忆起多年前的往事。终于，这所有的悲喜都化成了他的最后一首诗《锦瑟》。

锦瑟无端五十弦，一弦一柱思华年。
庄生晓梦迷蝴蝶，望帝春心托杜鹃。
沧海月明珠有泪，蓝田日暖玉生烟。
此情可待成追忆，只是当时已惘然。

多少年来，有多少人为这首诗痴迷，不断地猜测着诗中的真正含义。但没有一个人能够宣称，他读懂了李商隐的全部心意。"庄生晓梦迷蝴蝶"，是真意耶，还是梦境耶？这一生的悲伤、欣喜抑或惆怅，就如"珠泪""玉烟"一般，似真似幻。这一生，他辜负过很多人，也被很多人辜负过。

但不管怎样，往事如烟，只留惘然。

当年，李商隐因病去世。在他死后四十九年，唐王朝灭亡。

他的这篇《锦瑟》和他的很多无题诗一样，迷离缥缈，你能感觉到诗的美，却始终无法说出它到底想表达什么样的情感或情绪。有人说他是朦胧诗的鼻祖，倒也有几分像。

其实，他生性敏感，一生寄人篱下，活得小心翼翼，内心又极为丰富热烈，但这份热烈又不能肆意宣示。他给自己的心包裹上一层又一层的茧，旁人很难走进；但他又渴望有人能走进，如是便有了如此晦涩的无题诗。

他的一生，正像这些无题诗。

李贺：

人间无处可招魂的『鬼才』

李贺 （790—816）

姓　名： 李贺

字　号： 字长吉

别　称： 李昌谷（以籍贯称），诗鬼

代表作： 《雁门太守行》《金铜仙人辞汉歌》《马诗》等

画　像： 鬼才诗人，一生不得志

身未老、心先衰的少年人

李贺，字长吉，生于公元 790 年。据史书记载，李贺出身贵族，远祖是唐高祖李渊的叔父李亮，属于唐宗室的远支。幸而是远支，由此也躲开了武则天执政时的杀戮。但李家到了李贺父亲李晋肃时，早已世远名微，家道中落。李贺这一生，不仅与官途无望，也始终处于生活窘迫之中。

据史书记载，孩童时的他，就与常人不同。在其他孩子还专注玩乐的时候，他就已经像小大人一样，一头扎进书本，沉迷学习无法自拔。李贺的母亲最发愁的就是总能看到儿子因为吟诗苦学而日渐憔悴，她说："是儿要当呕出心乃已尔。"从小他的身体就不如常人那样健康结实。据李商隐的《李长吉小传》记载："长吉细瘦，通眉，长指爪。"他在十七岁的时候，就写诗自述已经两鬓斑白，写诗对他来说就是一团火，一股气，一份折磨着他不吐不快的"呕心沥血"。

在十八岁那年，他拿着《雁门太守行》去拜谒韩愈。据说，当时韩愈已经非常劳累了，送完客人回来就想赶紧上床睡觉休息，谁知道，当门人呈上这篇"黑云压城城欲摧，甲光向日金鳞开"的作品，老夫子马上精光大盛，觉也不睡了，连忙把这位青年奇才热情地邀请进来。

事实上，对于韩愈来说，李贺应该算得上是他最欣赏的那一类诗人，一直以来，韩愈对孟郊、贾岛这样的苦吟派诗人都非常赞许。李贺之于他们两人，虽诗风类似，但风格更为奇诡。更重要的是，当韩愈遇到他时，他还那么年轻！尽管不如普通人那样意气风发，才华满腹却不容置疑。彼时的韩愈笃信，这位年轻人一旦走出自己的书舍，会如出鞘的名剑一样光芒四射，震动朝野。

只可惜，这个预言他只猜对了一半。年纪轻轻便声名远播的李贺，在二十一岁那一年赴长安应试，却遭遇了一个非常奇葩的挫折。有人上书主考官，认为李贺不能参加进士考试，因为他的父亲名讳为"晋肃"，和"进士"两字相仿。古人对于君王或者父母亲的名讳极为尊重，比如《红楼梦》里，林黛玉把自己母亲名讳中"贾敏"的"敏"字就改为"密"。历史上，也曾经有些倒霉的考生，因为考试时不小心写到了当朝皇帝的名讳，干脆被取消了考试资格。但像李贺这样，因为父亲名字的缘故，居然就不能参加进士考试，实在过于牵强。

不知他人如何看待此事，韩愈是满心不服，还特地作文为小友说话："父名晋肃，子不得举进士。若父名仁，子不得为人乎？"

但命运就是这样难以捉摸，李贺这一生也没能有机会进入考场，满腹的才华化成了一声叹息。

这个挫折对他这一生都是毁灭性的打击。如果换作常人，此路不通，大不了行走他路。但李贺就不一样了，他是一个把一生都专注于一件事的人。事实上，他的这种性格可能不适合进官场。但不让一个天生的好学生，去参加人生中最重要的考试，他下一步就不知道到底该做什么了。

这一年的冬天，考试无望的李贺从京城回到故乡。好在他还有一个始终记挂着他的"伯乐"韩愈，对于李贺的不得志，韩愈比他还抑郁，怎么自己看上的人才个个都推不上去呢？孟郊、贾岛如此，好不容易有个"石破天惊"的李贺，依然无人赏识。几经努力，他为李贺谋得了一个"奉礼郎"的职务。

奉礼郎这个官职有点像皇家司仪，管理的要不就是宗庙，要不就是在祭祀朝会时，引导君主和臣子行拜跪之礼。看起来非常体面，实则寡淡无味，估计收入也相当低。

很多时候，李贺和一群暮气沉沉的老者，静默无声地坐在一间大堂中。只是端坐着，看着日影从升起再到倾斜，一天又一天就这样过去了。他只能把所有的积郁都倾诉在诗文里："我有辞乡剑，玉锋堪截云。襄阳走马客，意气自生春。"

只可惜，再锐利的剑锋，也被隐藏在乌沉的匣鞘之内。文学的道路走不通，李贺转而开始羡慕"男儿何不带吴钩，收取关山五十州"的从戎之路。和初唐的许多诗人一样，他认为，男儿若要建功立业，一支笔是帮不了什么忙的，"请君暂上凌烟阁，若个书生万户侯？"整个大唐，也没有以文章而封侯的先例。

一颗心从热烈到枯死有多远

读这个时候李贺的诗，依然能看出年轻人勃发的精力和奔腾的热血，尽管遭遇过挫折，他还是信心满满地希望自己能够得到赏识和重用："此马非凡马，房星本是星。向前敲瘦骨，犹自带铜声。"

只可惜希望有多大，失望就有多大。在长安的三年里，尽管李贺也在韩愈的门下结识了不少知己，眼看着这些朋友陆陆续续有的平步青云，有的黯然回乡，自己的前途却如黑夜般黯淡无光。常年的贫困，无望的前路，使得李贺本就孱弱的身体更加百病缠身。

长安三年，李贺终于决定放弃这个本就不喜欢的职位，称病辞职，归还故里。

李贺这一走，是无可奈何的走，因为多愁多病的身，兼之看不到希望的前程。他在那首《金铜仙人辞汉歌》中，就表达了这份难言的伤痛："空将汉月出宫门，忆君清泪如铅水。衰兰送客咸阳道，天若有情天亦老。"

也许，有人不知道李贺的那句"黑云压城城欲摧"，没读过他的那句"吾不识青天高，黄地厚，唯见月寒日暖，来煎人寿"，但几乎无人不知这句"天若有情天亦老"。自然，毛泽东很喜欢李贺的诗词，所以借用在他的诗篇里，也使得这句古诗让现代人听来如雷贯耳。但多少年来，许多诗词大家都不得不承认，这一句"天若有情天亦老"，是写尽人间沧桑的第一千古绝句。

回到昌谷故乡的李贺，也度过了一段短暂的愉悦时光。

从古至今，有勇气赋闲在家，就得承受经济吃紧的压力。李贺辞官之后的主要生活来源还是种田。虽然身份贵重，但李贺这一生也没能摆脱生活的窘困。

病体稍微和缓的时候，李贺想着不能继续在家中隐居了。于是，他也曾试着到吴楚之地，一来拜访亲友，二则寻糊口之路。李贺在南方的时间不长，那首著名的《苏小小墓》就源于那个时期的创作。

苏小小是南朝齐的一位钱塘名妓，生前美貌而多文采，曾与当时的才子阮郁有一段爱情悲剧。当时的她，乘着油壁车，遇到了这位骑着菊花青马的温润少年。彼此心有所属，奈何世情凉薄，海誓山盟也终成虚化，一代名姬香消玉殒。

据说她生前曾写过这样一首诗："妾乘油壁车，郎跨青骢马。何处结同心，西陵松柏下。"而李贺的灵感也来源于这首诗。他写道："幽兰露，如啼眼。无物结同心，烟花不堪剪。草如茵，松如盖。风为裳，水为珮。油壁车，夕相待。冷翠烛，劳光彩。西陵下，风吹雨。"

这是李贺"鬼诗"中最为著名的一篇，用词之浓艳绮丽让人称绝。但很多人却认为，不敢多读这首诗，愈咀嚼，愈有鬼气森然的惊悚。没读过李贺的诗时，苏小小只是一个虚无缥缈的形象，但读过这首诗后，幽兰、烟花、青草、微风、溪水，仿佛处处都能看到她若隐若现的身形，都能看到她凝着眼泪的双眸。

时光穿越两百多年，苏小小终于找到了懂得她的知音。而这份懂得，恐怕也是因为他们都曾遭遇过人世间的太多不公。

多希望做一匹驰骋战场的骏马

辗转了一年多之后，李贺在朋友张彻的推荐下，去当时昭义军节度使郗士美那里做了幕僚，虽然无法持长剑、骑骏马驰骋沙场，但边塞生活肯定让李贺的心情开阔了许多。如这首《马诗》：

> 大漠沙如雪，燕山月似钩。
> 何当金络脑，快走踏清秋。

世人言李贺的诗篇，都认为浓艳有余，刚硬不足。事实上，李贺曾写过二十多首《马诗》，在诗里，他非常希望自己能够"带吴钩，踏清秋"。建功立业是他的伟愿，也是他终不能成行的遗憾。

这首《马诗》是二十三首中的第五首。平沙万里，一弯新月如钩，边塞肃杀之气难凉有志之士的热血，他多么希望自己就是那匹驰骋沙场的骏马，一逞快意！可这一连串《马诗》中的马，最终也未能如愿，空自奋蹄，却永远也走不到热血奔腾的战场，实现自己的抱负。

渴望有多强烈，现实就有多么憋屈！这样的李贺，这个擅长写死、写鬼，写冷气森森而又奇丽诡谲的诗的李贺，一辈子也未曾真正舒心畅意过。

不久之后，因为藩镇割据，郗士美兵败，回到老家洛阳；李贺的朋友张彻也回了老家西安。李贺走投无路，只好再次回到昌谷。

如果说第一次的辞官回乡，还只是李贺生命中的一次打击，而这一次归来，则是深深的重创了。

悲满千里心，日暖南山石。

不谒承明庐，老作平原客。

四时别家庙，三年去乡国。

旅歌屡弹铗，归问时裂帛。

二十七岁这一年，李贺归乡，没多久便病倒了。

一颗曾被苦苦压抑的灵魂，一腔化为碧色的热血，才写出了照耀千古的文字。或许，李贺真的已经成为天阙之人，因为，于他而言，人间并不值得。

他的诗，被后人称为"李长吉体"。

小学生必背古诗词

37. 乡村四月　　　　　　　　　　　　　　　[宋] 翁　卷

绿遍山原白满川，子规声里雨如烟。乡村四月闲人少，才了蚕桑又插田。

38. 凉州词　　　　　　　　　　　　　　　[唐] 王之涣

黄河远上白云间，一片孤城万仞山。羌笛何须怨杨柳，春风不度玉门关。

39. 黄鹤楼送孟浩然之广陵　　　　　　　　[唐] 李　白

故人西辞黄鹤楼，烟花三月下扬州。孤帆远影碧空尽，唯见长江天际流。

六年级

40. 过故人庄　　　　　　　　　　　　　　[唐] 孟浩然

故人具鸡黍，邀我至田家。绿树村边合，青山郭外斜。开轩面场圃，把酒话桑麻。待到重阳日，还来就菊花。

41. 春日　　　　　　　　　　　　　　　　[宋] 朱　熹

胜日寻芳泗水滨，无边光景一时新。等闲识得东风面，万紫千红总是春。

42. 回乡偶书　　　　　　　　　　　　　　[唐] 贺知章

少小离家老大回，乡音无改鬓毛衰。儿童相见不相识，笑问客从何处来。

43. 长歌行　　　　　　　　　　　　　　　汉乐府

青青园中葵，朝露待日晞。阳春布德泽，万物生光辉。常恐秋节至，焜黄华叶衰。百川东到海，何时复西归？少壮不努力，老大徒伤悲。

必读诗

一年级

1. 江南 　　　　　　　　　　　　　　[汉]（佚名）
江南可采莲，莲叶何田田。鱼戏莲叶间。鱼戏莲叶东，鱼戏莲叶西，鱼戏莲叶南，鱼戏莲叶北。

2. 画 　　　　　　　　　　　　　　　[唐]王　维
远看山有色，近听水无声。春去花还在，人来鸟不惊。

3. 静夜思 　　　　　　　　　　　　　[唐]李　白
床前明月光，疑是地上霜。举头望明月，低头思故乡。

4. 池上 　　　　　　　　　　　　　　[唐]白居易
小娃撑小艇，偷采白莲回。不解藏踪迹，浮萍一道开。

5. 小池 　　　　　　　　　　　　　　[宋]杨万里
泉眼无声惜细流，树阴照水爱晴柔。小荷才露尖尖角，早有蜻蜓立上头。

二年级

6. 登鹳雀楼 　　　　　　　　　　　　[唐]王之涣
白日依山尽，黄河入海流。欲穷千里目，更上一层楼。

7. 望庐山瀑布 　　　　　　　　　　　[唐]李　白
日照香炉生紫烟，遥看瀑布挂前川。飞流直下三千尺，疑是银河落九天。

8. 夜宿山寺 　　　　　　　　　　　　[唐]李　白
危楼高百尺，手可摘星辰。不敢高声语，恐惊天上人。

9. 敕勒歌 　　　　　　　　　　　　　[北朝]（佚名）
敕勒川，阴山下。天似穹庐，笼盖四野。天苍苍，野茫茫，风吹草低见牛羊。

10. 村居　　　　　　　　　　　　［清］高　鼎

草长莺飞二月天，拂堤杨柳醉春烟。儿童散学归来早，忙趁东风放纸鸢。

11. 咏柳　　　　　　　　　　　　［唐］贺知章

碧玉妆成一树高，万条垂下绿丝绦。不知细叶谁裁出，二月春风似剪刀。

12. 绝句　　　　　　　　　　　　［唐］杜　甫

两个黄鹂鸣翠柳，一行白鹭上青天。窗含西岭千秋雪，门泊东吴万里船。

13. 晓出净慈寺送林子方　　　　　　［宋］杨万里

毕竟西湖六月中，风光不与四时同。接天莲叶无穷碧，映日荷花别样红。

三年级

14. 山行　　　　　　　　　　　　［唐］杜　牧

远上寒山石径斜，白云生处有人家。停车坐爱枫林晚，霜叶红于二月花。

15. 赠刘景文　　　　　　　　　　［宋］苏　轼

荷尽已无擎雨盖，菊残犹有傲霜枝。一年好景君须记，正是橙黄橘绿时。

16. 夜书所见　　　　　　　　　　［宋］叶绍翁

萧萧梧叶送寒声，江上秋风动客情。知有儿童挑促织，夜深篱落一灯明。

17. 望天门山　　　　　　　　　　［唐］李　白

天门中断楚江开，碧水东流至此回。两岸青山相对出，孤帆一片日边来。

18. 饮湖上初晴后雨 　　　　　　　　　[宋]苏　轼

水光潋滟晴方好，山色空蒙雨亦奇。欲把西湖比西子，淡妆浓抹总相宜。

19. 望洞庭 　　　　　　　　　　　　　[唐]刘禹锡

湖光秋月两相和，潭面无风镜未磨。遥望洞庭山水翠，白银盘里一青螺。

20. 绝句 　　　　　　　　　　　　　　[唐]杜　甫

迟日江山丽，春风花草香。泥融飞燕子，沙暖睡鸳鸯。

21. 惠崇春江晚景 　　　　　　　　　　[宋]苏　轼

竹外桃花三两枝，春江水暖鸭先知。蒌蒿满地芦芽短，正是河豚欲上时。

22. 三衢道中 　　　　　　　　　　　　[宋]曾　几

梅子黄时日日晴，小溪泛尽却山行。绿阴不减来时路，添得黄鹂四五声。

23. 元日 　　　　　　　　　　　　　　[宋]王安石

爆竹声中一岁除，春风送暖入屠苏。千门万户曈曈日，总把新桃换旧符。

24. 清明 　　　　　　　　　　　　　　[唐]杜　牧

清明时节雨纷纷，路上行人欲断魂。借问酒家何处有，牧童遥指杏花村。

25. 九月九日忆山东兄弟 　　　　　　　[唐]王　维

独在异乡为异客，每逢佳节倍思亲。遥知兄弟登高处，遍插茱萸少一人。

四年级

26. 暮江吟 　　　　　　　　　　　　　[唐]白居易

一道残阳铺水中，半江瑟瑟半江红。可怜九月初三夜，露似真珠月似弓。

27. 题西林壁　　　　　　　　　　　　〔宋〕苏 轼

横看成岭侧成峰，远近高低各不同。不识庐山真面目，只缘身在此山中。

28. 雪梅　　　　　　　　　　　　　　　〔宋〕卢梅坡

梅雪争春未肯降，骚人阁笔费评章。梅须逊雪三分白，雪却输梅一段香。

29. 出塞　　　　　　　　　　　　　　　〔唐〕王昌龄

秦时明月汉时关，万里长征人未还。但使龙城飞将在，不教胡马度阴山。

30. 凉州词　　　　　　　　　　　　　　〔唐〕王 翰

葡萄美酒夜光杯，欲饮琵琶马上催。醉卧沙场君莫笑，古来征战几人回？

31. 夏日绝句　　　　　　　　　　　　　〔宋〕李清照

生当作人杰，死亦为鬼雄。至今思项羽，不肯过江东。

32. 四时田园杂兴　　　　　　　　　　　〔宋〕范成大

梅子金黄杏子肥，麦花雪白菜花稀。日长篱落无人过，惟有蜻蜓蛱蝶飞。

33. 宿新市徐公店　　　　　　　　　　　〔宋〕杨万里

篱落疏疏一径深，树头新绿未成阴。儿童急走追黄蝶，飞入菜花无处寻。

34. 清平乐·村居　　　　　　　　　　　〔宋〕辛弃疾

茅檐低小，溪上青青草。醉里吴音相媚好，白发谁家翁媪？　大儿锄豆溪东，中儿正织鸡笼。最喜小儿亡赖，溪头卧剥莲蓬。

35. 芙蓉楼送辛渐　　　　　　　　　　　〔唐〕王昌龄

寒雨连江夜入吴，平明送客楚山孤。洛阳亲友如相问，一片冰心在玉壶。

36. 塞下曲　　　　　　　　　　　〔唐〕卢 纶

月黑雁飞高，单于夜遁逃。欲将轻骑逐，大雪满弓刀。

37. 墨梅　　　　　　　　　　　　〔元〕王 冕

吾家洗砚池头树，朵朵花开淡墨痕。不要人夸好颜色，只留清气满乾坤。

五年级

38. 示儿　　　　　　　　　　　　〔宋〕陆 游

死去元知万事空，但悲不见九州同。王师北定中原日，家祭无忘告乃翁。

39. 题临安邸　　　　　　　　　　〔宋〕林 升

山外青山楼外楼，西湖歌舞几时休？暖风熏得游人醉，直把杭州作汴州。

40. 己亥杂诗　　　　　　　　　　〔清〕龚自珍

九州生气恃风雷，万马齐喑究可哀。我劝天公重抖擞，不拘一格降人才。

41. 山居秋暝　　　　　　　　　　〔唐〕王 维

空山新雨后，天气晚来秋。明月松间照，清泉石上流。竹喧归浣女，莲动下渔舟。随意春芳歇，王孙自可留。

42. 枫桥夜泊　　　　　　　　　　〔唐〕张 继

月落乌啼霜满天，江枫渔火对愁眠。姑苏城外寒山寺，夜半钟声到客船。

43. 长相思　　　　　　　　　　　〔清〕纳兰性德

山一程，水一程，身向榆关那畔行，夜深千帐灯。
风一更，雪一更，聒碎乡心梦不成，故园无此声。

44. 四时田园杂兴　　　　　　　　　　　　［宋］范成大

梅子金黄杏子肥，麦花雪白菜花稀。日长篱落无人过，惟有蜻蜓蛱蝶飞。

45. 稚子弄冰　　　　　　　　　　　　　　［宋］杨万里

稚子金盆脱晓冰，彩丝穿取当银铮。敲成玉磬穿林响，忽作玻璃碎地声。

46. 村晚　　　　　　　　　　　　　　　　［宋］雷　震

草满池塘水满陂，山衔落日浸寒漪。牧童归去横牛背，短笛无腔信口吹。

47. 从军行　　　　　　　　　　　　　　　［唐］王昌龄

青海长云暗雪山，孤城遥望玉门关。黄沙百战穿金甲，不破楼兰终不还。

48. 闻官军收河南河北　　　　　　　　　　［唐］杜　甫

剑外忽传收蓟北，初闻涕泪满衣裳。却看妻子愁何在，漫卷诗书喜欲狂。白日放歌须纵酒，青春作伴好还乡。即从巴峡穿巫峡，便下襄阳向洛阳。

49. 秋夜将晓出篱门迎凉有感　　　　　　　［宋］陆　游

三万里河东入海，五千仞岳上摩天。遗民泪尽胡尘里，南望王师又一年。

六年级

50. 宿建德　　　　　　　　　　　　　　　［唐］孟浩然

移舟泊烟渚，日暮客愁新。野旷天低树，江清月近人。

51. 六月二十七日望湖楼醉书　　　　　　　［宋］苏　轼

黑云翻墨未遮山，白雨跳珠乱入船。卷地风来忽吹散，望湖楼下水如天。

52. 西江月·夜行黄沙道中　　　[宋] 辛弃疾

明月别枝惊鹊，清风半夜鸣蝉。稻花香里说丰年，听取蛙声一片。　七八个星天外，两三点雨山前。旧时茅店社林边，路转溪桥忽见。

53. 浪淘沙　　　[唐] 刘禹锡

九曲黄河万里沙，浪淘风簸自天涯。如今直上银河去，同到牵牛织女家。

54. 江南春　　　[唐] 杜 牧

千里莺啼绿映红，水村山郭酒旗风。南朝四百八十寺，多少楼台烟雨中。

55. 书湖阴先生壁　　　[宋] 王安石

茅檐长扫净无苔，花木成畦手自栽。一水护田将绿绕，两山排闼送青来。

56. 迢迢牵牛星　　　[汉] 佚 名

迢迢牵牛星，皎皎河汉女。纤纤擢素手，札札弄机杼。终日不成章，泣涕零如雨。河汉清且浅，相去复几许。盈盈一水间，脉脉不得语。

57. 七律·长征　　　毛泽东

红军不怕远征难，万水千山只等闲。五岭逶迤腾细浪，乌蒙磅礴走泥丸。金沙水拍云崖暖，大渡桥横铁索寒。更喜岷山千里雪，三军过后尽开颜。

58. 十五夜望月　　　[唐] 王 建

中庭地白树栖鸦，冷露无声湿桂花。今夜月明人尽望，不知秋思落谁家？

59. 寒食　　　[唐] 韩 翃

春城无处不飞花，寒食东风御柳斜。日暮汉宫传蜡烛，轻烟散入五侯家。